パシられ陰キャが実は最強だった件
3
マリパラ
イラスト：ふーみ
キャラクター原案・漫画：六井調

「あっ!」
荒木さんが一気にファスナーを
引き下げたタイミングで、潮風が吹いた。

パーカーの下から現れたのは、真っ赤な水着。
胸元にリボンがついていて、リボンの端が揺れる先に、シズカのおへそが見えた。
シズカの胸元、シズカの腰のライン、シズカのお腹。
見たことない部分を一気に公開されて、脳の情報処理が追い付かない。

――…………ちゅっ。

「狙い……定めるのって、難しいんだね……」

突然俺に触れたシズカの唇は、甘いミルクみたいな香りを放っていた。

まだ吐息を感じるほど近くにいるシズカが、つぶらな目で俺をじっと見上げる。

いつも俺のことを心配してくれて、いつも俺の変化に気づいてくれる、優しい優しい目。

俺のことを、大好きだと言ってくれる目。

その目が、そっと細められる。

「やっと、私のことちゃんと見てくれた」

床に押さえつけられた俺の目に真っ先に飛び込んできたのは、大きな水槽だった。
一辺が三メートルほどありそうな、大きな立方体の水槽。
水槽の縁から床まで斜めに板が渡されており、その板には上れそうな段まである。
——その水槽の中で、シズカがガラスに手を突きながら咳き込んでいた。
シズカは腰のあたりまで水に浸かっている。

「アキラくん、私はっ……ゲホゲホ」
「シズカ！」

パシられ陰キャが実は最強だった件

About how a gloomy man who is used as an errand boy is actually the strongest.

CONTENTS

パシられ陰キャが実は最強だった件 3

マリパラ

MF文庫J

口絵・本文イラスト●ふーみ
漫画●六井調

第一章　パシられ陰キャが、夏休みに旅行した件

パシャパシャと水面を揺らす、すらりとした脚。水に濡《ぬ》れたところが太陽の光を反射して、艶《つや》やかだ。

俺——臼井《うすい》アキラの隣で脚をプールの水に浸しながら、プールサイドに腰かけているのは、シズカ……俺の恋人だ。いつも衣類に覆《おお》われて見えない太腿《ふともも》が、俺の右手のすぐ隣にあった。

「シズハさんのお家《うち》のクルーザーってすごいね。海の上でプールに入れちゃうなんて、なんだか不思議な気分……。夏休み、一緒に旅行に行きましょうって誘われた時から、私が想像できないようなおもてなしを受ける予感はしていたけど、ここまでだなんて……」

シズカが伸びをしながら広くて深い青空を見上げる。昼下がりの空は眩《まぶ》しくて、シズカが目を細めた。二つに結んだ髪が、さらっと肩を流れる。

「いいお天気で、良かったね……」

「うん……そうだね」

当たり障りのない返事をしながら、俺は内心落ち着こうと必死だった。

ここは、海を進む豪華なクルーザーの上。クルーザーのデッキには、大きなプールがあ

り、俺たちはプールサイドに並んで座っていた。――この状態から想像できる通り、俺たちは今、水着姿だ。

シズカはプールサイドに来てからずっと、上に長袖のパーカーを着ている。太腿《ふともも》の付け根のちょっと下まで隠れているから、どんな水着を着ているか分からない。パーカーの裾の辺りをよく見れば、色くらいは分かるのかもしれない。しかし普段隠されているシズカの太腿を直視するのは、何となくいけないことのような気がして憚《はばか》られた。

「シズカさんも臼井《うすい》くんも、一緒に泳ぎませんか？　そこにずっといると暑いでしょう？」

プールの中を歩いて近づいてくる人がいた。

彼女は千天寺《せんてんじ》シズハさん。この運転手と使用人付きプライベートクルーザーに招待してくれた、千天寺財閥のご当主の娘だ。

シズハさんと初めて出会ったのは、シズカとの初デートの日だ。

ネコオカランドという遊園地に行った俺たちは、怪しい黒服の集団に追いかけられた。その黒服集団の正体は千天寺財閥のお嬢様の護衛。追いかけられた原因は彼らがシズハさんとシズカを見間違えたから。そんな傍迷惑《はためいわく》な事件をキッカケに、シズカとシズハさんは仲良くなり、その後シズカがシズハさんの想《おも》い人を探す手伝いをすることになった。

その後なんやかんやあって、ようやくシズハさんは想い人と再会できることになったが、再度訪れたネコオカランドでシズハさんが誘拐されそうになり、その場に居合わせた俺た

ちが助けた。俺たちはシズハさんのご家族からも感謝され、それからずっと、俺たちとシズハさんの交遊は続いている。

そして夏休み終盤の現在、シズハさんは俺たちを一泊二日の旅行に誘ってくれたのだ。目的地は国内のとある島にあるリゾート地。そこへの移動手段が、プール付きのプライベートクルーザーだから驚きである。

「うーん……どうしようかな……」

シズハさんにプールの中へ誘われたシズカは、困ったように笑った。

するともう一人、金髪のヤンキー女子がプールの中を歩いて近づいてきた。

シズカの親友の荒木《あらき》ヒロミさんだ。

「どうしようかな……じゃないだろ。せっかく夏休み最後、パーッと思いっきり楽しむために新しい水着も買って来たのに、ここに来て出し惜しみすんなよ」

「うぅ……分かってるんだけど、いざ人に見せるとなると緊張してきたんだもん……」

そう、今回シズハさんが旅行に誘ったのは俺たちだけではない。シズカの親友の荒木さん。そして……ここからは見えないが、三バカトリオとシズカさんの恋人・鬼瓦《おにがわら》ジョウも一緒だ。今、三バカトリオと鬼瓦は、釣りをしているはず。

「ほらほら、そのパーカーをさっさと脱げ。まばゆい太陽の下で、臼井《うすい》に向かっておニューの水着をお披露目《ひろめ》するがいい。臼井も早くシズカの水着が見たいよなぁ？」

「え？」

荒木さんが、俺に向かって朗らかに微笑《ほほえ》む。

一見優しい笑顔なのに、邪悪な気配が滲《にじ》んでいた。

荒木さんは俺に「見たい」と言わせたいんだろう。でも、恥ずかしくて困っているシズカの様子を見ると、首を縦に振りづらい。正直見たいけど、それでシズカを困らせるのは可哀想《かわいそう》だし。

「……臼井が言わないなら、あたしが言おうっと。シズカー、水着見たいなー」

「ちょちょちょっと！　ヒロミ！」

荒木さんは容赦なく、シズカのパーカーのファスナーに手を伸ばした。

荒木さんが勝手にパーカーを脱がそうとするから、シズカが必死で抵抗している。

「ヤダ！　恥ずかしいってば！」

「子どもっぽい水着しか持ってなくて恥ずかしいって言うから、せっかく旅行前にあたしと一緒に新しい水着買いに行ったのに、今度は何が恥ずかしいんだよ？」

「だって、私……ヒロミやシズハさんみたいにスタイル良くないし！」

「充分いいだろが！　ほら脱げ！」

「あっ！」

荒木さんが一気にファスナーを引き下げたタイミングで、潮風が吹いた。

シズカの羽織っていたパーカーが風になびく。

「もう……心の準備ができるまで待ってよぉ……」

……とは言いつつも観念したのか、俺の隣でシズカが恥じらいながらパーカーを脱いだ。

パーカーの下から現れたのは、真っ赤な水着。

胸元にリボンがついていて、リボンの端が揺れる先に、シズカのおへそが見えた。

――上と下でパーツが分かれている水着を、なんて言うんだっけ……？

シズカの胸元、シズカの腰のライン、シズカのお腹《なか》。

見たことない部分を一気に公開されて、脳の情報処理が追い付かない。

それに、水着の色が赤だと思わなかった。恥ずかしそうなシズカが大胆な色をまとっているギャップで、心臓がおかしな感じに跳ねた。

「まぁ素敵なビキニですね！　シズカさん、赤がとてもよくお似合いです！」

ニコニコとシズカの水着を褒めるシズハさんのおかげで水着の名称が分かり、俺の脳内のタスクが一つ片付く。

「だろう？　あたしが選んだんだー！」

荒木《あらき》さんが腕組みして、ドヤ顔で言った。

シズカが選ばなそうな色だと思ったら、なるほど、荒木さんのチョイスだったのか……。

「よし、臼井《うすい》、感想！」

軍曹のような口調で、荒木さんが俺に感想を求めてきた。

俺の感想を待っているのか、シズカもおずおずと俺を見る。

何か言わなきゃいけない空気だ。

言葉を探しながらシズカのほうを見ると、水着より水着に彩られたシズカの体に目がいってしまい、顔が熱くなるのを感じた。

さっきまでプールで遊んでいた荒木さんやシズハさんの水着姿をチラッと見ても何も感じなかったのに、この破壊力の高さは何なのか。脚をプールに浸していなかったら、頭から湯気が出ていたかも。

「私は……もっと落ち着いた感じがいいなって思ってたんだけど、ヒロミが、これが一番似合うって言うんだよね……。どうかな……?」

俺が何も言わないせいでシズカが不安そうだ。早く返事をしないと。

「すごく……」

取り敢《と》《あ》えずそこまで口にして、迷った。

「かわいい」と表現するべきか、「綺麗《きれい》」と表現するべきか、悩む。シズカの姿を見て感じた気持ちを表す的確な表現が見つからない。

言いかけたまま止まっている俺を、シズカがじっと見ている。

もう、とにかく言うしかない。

「……………………………………好き」

俺がなんとか絞り出した感想を聞いて、荒木《あらき》さんが真っ先に笑い出し、シズハさんも「あらあら」と言いながら微笑《ほほえ》んだ。

肝心のシズカは、水着に負けないくらい赤い顔をして固まっていた。

顔どころか、首や鎖骨の辺りまでいつもより赤く見える。

「ほーら！　やっぱり臼井《うすい》は赤の水着が好きだって言っただろー？」

荒木さんは笑い過ぎて、目から涙が出ていた。

シズカが恥ずかしそうにうつむきつつ、胸元のリボンを指で弄《いじ》り出す。

そのリボンって、解《ほど》くとどうなるんだろう。……って、そんなことを考えている場合じゃない。

「そっか……アキラくんは、赤の水着が好みだったんだね……」

「いや、ごめん……特に、赤にこだわりがあるわけじゃないよ。シズカが着ている水着なら、たぶん、何でも好きって言ったと思う……」

「ん？　そうなの？」

「………うん」

もうお願いだから、これ以上の感想の深掘りは勘弁してほしい。

「つまり、シズカさんが大好きだから、何を着ても素敵ということですね」

ニコニコしながらシズハさんが、ドストレートに俺の心の内を代弁してくれた。

限界寸前の俺の羞恥心が、トドメを刺される。

堪《たま》らず俺はプールに入り、一度頭の先まで水に沈んだ。

頭やら顔やら、太陽の光と内側から燻《くす》ぶった熱でジリジリしていた部分が、冷たい水に包まれて一気に鎮まる。

――ここがプールサイドで良かった……。

そう思いながら水面に顔を出すと……。

「アキラくん大丈夫!? ――って、あ……!」

――バシャンッ。

「シズカ！　大丈夫？」

「あ、ごめんね！　いきなりアキラくんがプールに潜ったからビックリして、バランス崩しちゃった……あはは。助けてくれてありがとう」

「うん……」

プールに落ちてきたシズカを支えたら、シズカの柔らかい素肌に思いっきり触ってしまった。

――……刺激が強すぎる……。

シズカの素肌に触れて気持ちが上擦る。

でも、触れてはいけないものに触れてしまったような気にもなって、戸惑いを覚えた。

「何考えているか分からない」「無表情で気持ち悪い」と言われ続け、人より表情も感情も薄い自覚があった俺も、人並みに思春期らしい葛藤をするようだ。

普段は動きの悪い俺の感情の歯車が、シズカのことになるとガンガン回り出す。

シズカと仲良くなる前は感じたことがなかった気持ちが芽生えることもあり、対応に困ることもある。でも、自分が変化していくのは……ちょっと面白いとも思っている。

「アキラくん、せっかくだし、このままちょっとプールで遊ばない？」

「……いいよ」

せっかくプールに入ったんだし、少し遊ぶかと思っていると……ぞろぞろと三バカトリオと鬼瓦《おにがわら》が歩いてきた。それぞれ手には釣竿《つりざお》を持っている。

「いい眺めだな？」

デンくんがニヤニヤしながらプールに近づいてきた。

「マジでそれなー」とキュウくんが言い、「だな」とノンくんが頷《うなず》く。

何のこととは言わなかったが、プールにいる水着の女子三人組のことを言っている気がして、俺はシズカを背に隠した。それとほぼ同時に、三バカトリオの後方にいた鬼瓦が持っていたバケツをガンッと床に置いて、拳をバキッと鳴らす。

「オイ、お前ら……シズハを変な目で見やがったら目玉くり抜くからな？」

鬼瓦の一言で、三バカトリオが一斉にプールから目を逸《そ》らす。

「ウミガキレイデスネ～」

「ソラガアオイナ～」

「ダナ～」

デンくん、キュウくん、ノンくんの声は震えていた。

「ジョウ、お魚は釣れたのですか？」

シズハさんがプールから上がって、鬼瓦の持ってきたバケツを覗《のぞ》きに行く。

「一匹だけな」

「あら、アジですわね」

どうやら鬼瓦の持ってきたバケツには、アジが一匹入っているらしい。

荒木《あらき》さんが「見たい見たい」と言いながらプールを出る。

シズカもアジが見たいのか、そわそわしながら鬼瓦たちを見ている。

「見に行く？」

「うん……！」

シズカの目が輝いた。

プールの水を甲板に滴らせながら、シズカと一緒にバケツに向かう。

荒木さんとシズハさんの隣にしゃがみながら、「すごい……本当にアジだ」とシズカが呟《つぶや》いた。

アジは水着の女子三人に囲まれているので、俺はその後方からバケツを見下ろす。

バケツの中で、体長十五センチくらいのアジが泳いでいた。

荒木《あらき》さんがアジを指差しながら、俺を見上げる。

「臼井《うすい》、不測の事態に備えて捌《さば》き方とか勉強してないの？」

「三枚下ろしならできなくもないけど……」

「できんの⁉　お前……ほんと何気にハイスペックだよな……」

「そんなこともないと思うけど……」

中学生の時、俺は母さんから料理の基本を教えてもらった。いきなり母さんが病気で動けなくなって、家に誰も料理ができる人がいなくなったらどうしようかと不安になったからだ。『いざとなったら俺が家族全員分の料理を作る』と意気込んでいたんだけど、結局そんなピンチは今までに一度もない。

「シズハさん、包丁ないの？　刺身にして食べようよ」

荒木さんがそんなことを言い出したが、すぐにシズカが止めた。

「ねぇみんな、このアジ、見終わったら海に返さない？」

「え？　返しちゃうの？」と荒木さんがちょっと残念そうに言う。

「まだちょっと小さいし、ね？」

「うーん……まぁ、あたしはどっちでもいいけど。シズハさんと鬼瓦《おにがわら》はいいの？」

「はい。わたくしも海に返すのに賛成です。今、その子を食べなければいけない理由もありませんし。ジョウもいいですよね？」

「あぁ、俺は何でも構わねぇよ」

「運悪く釣られたってのに、船に乗ってた人間が優しい奴《やつ》らで運が良かったなぁ、お前」

荒木さんがアジをツンツンと指で突《つつ》き、シズカが「弱っちゃうから触っちゃダメだよ」と注意している。

シズカはいつでも誰にでも優しいが、魚にも優しいらしい。

ふと、バケツの近くに立っている鬼瓦が、何かをじっと見ているのに気づいた。

その視線の先を辿《たど》っていくと、バケツでもアジでもなく、シズカを見ているように思えた。……こいつがシズハさん以外の女子に興味を示すことはないとは思うが、この姿のシズカをじろじろ見ている男がいると思うとモヤモヤする。

牽制《けんせい》の意を込めて鬼瓦をジロッと見ると、俺の視線に気づいた鬼瓦がヘラッと笑い、俺に近づいてコソコソと話しかけてきた。

「いやーまさか姐《ねえ》さんが赤い水着とは思わなかったなぁ！」

この鬼瓦こそが、シズハさんの探していた想《おも》い人。シズハさんと鬼瓦の再会を手伝い、誘拐されそうになったシズハさんを助けて以来、鬼瓦は俺のことを『兄貴』と呼び、シズカを『姐《ねえ》さん』と呼ぶようになった。どうやら俺の舎弟で、しかも右腕のつもりらしい。

「シズハさん以外の人をじろじろ見ないほうがいいんじゃないか」

小声で返すと、鬼瓦《おにがわら》は俺の肩をポンポンと叩《たた》いた。

「まぁ安心してくれ。俺は姐さんの水着姿に興味があって見てたわけじゃねぇ。ただちょっと思うところがあってよ……」

「思うところ？」

「兄貴……知ってっか？　赤い衣類は性欲を高める効果があるらしい……つまり姐さんは、この旅行中に兄貴とヤル気満ま……」

——ズバシャァァァンッ!!

水柱を立てて、鬼瓦がプールに落ちた。

まぁ投げ入れたのは俺なんだけど。

こちらの会話を聞いていなかったシズカたちは、何が起きたのか分からずキョトンとしている。俺たちが使っていない間にプールに入っていた三バカトリオは、突然降ってきた鬼瓦を見て顔を引きつらせている。

俺は何食わぬ顔でシズカたちから離れ、「鼻に水が入った!!　イテェ!!」と騒いでいる鬼瓦のいるプールに入る。

俺がプールに入ったのに気づくと、鬼瓦が急いで三バカトリオのほうに逃げた。

「待て！　何？　どういう状況だ？　なんであいつ、魔王スイッチ入ってんだよ⁉」

デンくんが鬼瓦に説明を求めるが、鬼瓦は惚《とぼ》けた顔で口笛を吹いた。

俺は三バカトリオと鬼瓦に近づきながら、拳をパキッと鳴らした。

「……ねぇ、そろそろみんなで水遊びしようか？」

「水遊びって顔じゃねぇぇぇ!!」

デンくんは叫び、キュウくんとノンくんが真っ先に逃げ出そうとする。

しかし鬼瓦がキュウくんとノンくんをあっさり捕まえた。

「ほら、兄貴が『みんなで』って言ってるんだから、逃げるんじゃねーよ」

「バカー！　なんで俺たちも巻き込むんだよー！」とキュウくん。

「巻き込まないでほしいんだな！」とノンくん。

二人は鬼瓦から逃れようと暴れるが、鬼瓦は離さない。

「さっき、シズハのことジロジロ見てただろ？　大丈夫。俺は心が広いからな。これでチャラにしてやんよ」

「「「心狭いって!!」」」

三バカトリオが声を揃《そろ》えて叫んだのを皮切りに、俺たちの水中プロレスが始まった。

「——皆さーん、そろそろ目的地が見えてきますからねー」

　数十分後、シズハさんがみんなに声をかけた時には、プールサイドで三バカトリオと鬼《おに》瓦《がわら》が寝転がってゼェハァと息を切らせていた。シズハさんの言葉に、鬼瓦すら返事をしない。

　そんな四人を尻目に、俺はシズカの隣で水を飲んでいる。

「船の上で随分楽しんじゃったから、まだ目的地にすら着いてなかったこと忘れてたね」

　シズカの言う通りだ。これからリゾート地でバカンスを楽しむ予定なのを忘れていた。

それに、既に四人が力尽きている。

「アキラくん、みんなと遊ぶの楽しそうだったね」

「そう……かな？」

　どうだっただろうか。

　シズカの水着のことを鬼瓦に言われ、鬼瓦を黙らせて自分の頭を冷やしたい一心でプールに入った。俺は鬼瓦に反省してもらえれば良かったのに、鬼瓦が三バカトリオを巻き込んだせいで、ごちゃまぜ水中プロレスになっていた。

　……そして気づけば、途中から鬼瓦に対するイラっとした気持ちも忘れて、みんなで遊ぶのに夢中になっていた。確かに、楽しかったのかもしれない。

「それにしても、臼井《うすい》も前より感情表現が豊かになってきたよなぁ。シズカのおかげで、いいキャラになってきたと思うよ。マジでシズカには感謝しろ。そして大事にしろ」

俺の近くで紙パックジュースを飲みながら、荒木《あらき》さんがそう言った。

うん。俺も常日頃から思っている。

「いつもありがとう」

流れでお礼を言うと、シズカが両手を軽く振りながら照れたように笑った。

「わ、私もいつもアキラくんに感謝してるよ。ありがとう」

胸に温かいものが広がる。幸せだ。

シズカにお礼を言われてホクホクしていると、プールサイドに転がっていたデンくんがくくくっと笑い出した。

「俺もオメーの喜怒哀楽の、『喜』『怒』『楽』は見えるようになってきたぞ。まぁ一番分かりやすいのは、『怒』だけどな」

「それはデンがアキラに怒られることばかりするからなんだな」

デンくんの隣にコロンと転がっているノンくんがツッコんだ。

「べ、別にしてねーよ。俺と一緒にいて楽しそうにしてるほうが多いよな？」

「そうだったっけ？」とキュウくんとノンくんが同時に首を傾《かし》げる。

デンくんはバツが悪そうに首の後ろをガリガリと掻《か》いた。

「まぁそれは置いておいてだな、後はアキラが泣いているところを見られれば、アキラの喜怒哀楽をコンプリートできる！　だから、ねぇねぇアキラくんの泣いてるところ見てみたいなー」

デンくんが妙に高い声で俺にお願いしてくる。ちょっと気持ち悪い。

「そんな風に頼まれても泣かないから」

「えーちょっとだけでいいからー」

「やだ」

「ケチー。ってかオメー、泣いたことあんの？」

「え？」

「アキラが泣いてるとこ、全然想像できねーんだけど。オメーは、どんな時に泣くんだ？」

デンくんはお喋《しゃべ》りついでに軽い感覚で聞いてきたのだろうけど、俺は胸の奥がズキッと痛むのを感じた。

――全然泣かないのね。薄情な子……。

ずっと心の底にあって、でも最近思い出すことがなかった言葉が脳裏に浮かぶ。

何も言えず固まった俺の隣で、シズカがデンくんに聞いた。

「デンくんは、最近いつ泣いた？」

「は？」

いきなりシズカに質問されて、デンくんが変な顔をする。

「いつ……？　そうだな……あ、この前、キュウとノンと一緒に激辛ラーメン食った時か？」

「あれは泣いたなー」

「……思い出すだけで泣けてくるんだな」

キュウくんとノンくんも口々に言うと、荒木《あらき》さんがケタケタと笑った。

「アホだなぁ」

「あんだと？　だったらオメーは最近、いつなんで泣いたんだよ？」

デンくんに言われて、ヒロミがうーんと悩む。

「あたしは…………シズカが黒松《くろまつ》に攫《さら》われて、次の日にシズカの家に行って無事を確認した時かな……。誰かさんたちのせいで、シズカが危険な目に遭って、気が気じゃなかったからさぁ……」

荒木さんがいつになくしおらしく言うので、三バカトリオは気まずそうに黙った。三バカトリオは、自分たちのせいでシズカが狙われることになったのを申し訳なく思っているから、ちょっと応えたのかもしれない。

しかしそんな三バカトリオの様子を見て、荒木さんがこっそりと笑うのが見えた。……これは、見なかったことにしよう。

すると俺たちの会話を聞いていたシズハさんが、ジョウに向かって微笑《ほほえ》む。

「わたくしが最近泣いたのは、ジョウと再会した日ですかね……」

「俺もその日かな……。まぁ、泣いたってほど泣いてないけど」

「あら？　そうでしたっけ？」

「……シズハ、その話はまた後でな」

みんなの前で強がろうとした鬼瓦《おにがわら》だが、シズハさんは見逃してくれなかった。

タジタジになっている鬼瓦を見て、シズハさんが楽しそうに笑っている。シズハさんはきっと鬼瓦をからかうのが好きなんだと思う。

シズカもクスクスと笑った。

「みんなの話を聞いてて思ったんだけど、今年泣いた回数を数えたら、ぶっちぎりで私が一番の気がする……。私、しょっちゅう泣いてるからなぁ」

シズカの泣き顔なら、俺も何度も見たことがある。

シズカは楽しくても泣くし、悲しくても泣くし、怒っても泣く。感情が昂《たかぶ》ると、涙が出るタイプみたいだ。自分のことだけじゃなく、人のために泣くこともある。

俺はそんな感情表現豊かで、人のために泣ける優しいシズカが好きだ。

シズカの泣き顔について考えていたら、いつの間にか三バカトリオは三人でお喋《しゃべ》りを始めていて、プールサイドから起き上がった鬼瓦は、シズハさんとお喋りをしている。シズカと荒木《あらき》さんも、俺のそばでもう別の話をしていた。

――そこで気づいた。シズカは、俺が『いつ泣いたか』を言わなくていいように、話を進めてくれたのだと。

　俺が困っていることを、シズカは察してくれたみたいだ。

シズカの気遣い力には、本当に恐れ入る。いつも俺の細かい変化に気づいてくれるシズカを、あぁやっぱり好きだなと思った。

「あ、皆さん、もう島が見えますよ！　あちらが目的地ですよー！」

　シズハさんが声を上げて、みんながぞろぞろと手すりに近寄る。俺もシズカの近くに行って、船の向かう先を望む。

　真っ白な砂浜と海岸沿いに立ち並ぶリゾートホテルが見えてきた。あの島に、千天寺《せんてんじ》家の別荘があるらしい。

「まずは海で遊びましょう！　それから別荘でパーティーです！　夜は寝る間も惜しんで遊び倒したいところですが、翌日は島のショッピングモールでお買い物をして帰りますから、はしゃぎすぎないように気をつけましょうね！」

　そう言うシズハさんが、一番はしゃいでいるように見えた。

　千天寺家のご令嬢という肩書のせいで、シズハさんは心から友達と呼べる人がいなかったようだし、同年代の人とこうして遊びに行くのは初めてなのかもしれない。

「こんなにいっぱい遊ぶの初めてだから、夜はみんなより先に寝ちゃいそう」

真面目過ぎて友達と遊びに行く機会がなかったと聞くシズカからも、シズハさんに負けないくらいウキウキした気持ちが伝わってくる。

――夜か……。そういえば、夜の部屋割りってどうなるんだろう……。

千天寺《せんてんじ》家の別荘だし、一人一部屋あるのかもしれない。でもそんなに部屋がなかったら……？

――いやまさか……そんなことになるはずないか。

一瞬、シズカと相部屋になるのを想像してしまい、俺は頭を掻《か》いた。


「海だー!!　遊ぶぞー!!」

砂浜で荒木《あらき》さんが、両手を空に向かって伸ばしながら叫んだ。

島に到着してクルーザーから降りた俺たちは、千天寺家の別荘に荷物を置いた後、海に来た。別荘から海までは徒歩五分といったところか。さすがにプライベートビーチというわけではないようで、砂浜には知らない人もちらほら見える。

千天寺家の使用人さんたちが椅子やパラソルを用意してくれると、三バカトリオが真っ先にその椅子を陣取った。

「あんなにクルーザーの上で遊びまくったのに、まだ海で遊ぶ元気があんのかよ……」

デンくんがげんなりした顔で呟《つぶや》いた。

波打ち際で、シズカと荒木さんとシズハさんがはしゃいでいる。女子たちはまだまだ元気いっぱいだ。対して男子たちは疲れ顔。いつも無駄に元気がいい鬼瓦《おにがわら》まで、椅子に座ってぼんやりと女子たちの様子を眺めている。

俺はどうしようかと考えていると……。

「アキラー。どっかでイチゴミルク買って来いよ」

椅子にふんぞり返りながら、デンくんが言った。続けて、キュウくん、ノンくん、さらには鬼瓦からも注文が飛んでくる。

「俺はCレモー」

「アクエリも欲しいんだな」

「じゃあ俺はコーラでよろしく」

——今の俺の状況を傍《はた》から見たら、ヤンキー四人にパシられている陰キャにしか見えないだろうな……。

ふとそんなことを考えつつ、俺は近くで大きなレジャーシートを広げていた千天寺家の使用人の男性に声をかけた。

「この辺りで、イチゴミルクとCレモとアクエリとコーラを買える場所はありますか？」

「そうですね……向こうに十分ほど歩いた場所に、飲み物の自動販売機があります。そこで揃《そろ》うと思いますが……よろしければ私が買ってきましょうか？」

「……大丈夫です。自分で行きます」

千天寺《せんてんじ》家の使用人さんたちは、頼めば何でもやってくれそうな雰囲気だが、自分でできることは自分でやりたかった。

ただ少し、シズカから離れるのが心配だなと思い、海のほうを見る。

女子三人は、引く波に合わせて海に向かって走り、寄る波にから逃げて砂浜に戻ってくる遊びをしてキャッキャしていた。

楽しそうだ。楽しそうなシズカを見ていると、それだけで穏やかな気持ちになる。

でももし俺がビーチを離れている間に、シズカの水着姿に釣られて良からぬ輩《やから》がちょっかいをかけに来たら……。

「心配すんなよ。姐《ねえ》さんのこともちゃんと見てっから」

海から目を逸《そ》らさないまま、鬼瓦《おにがわら》が言った。俺がシズカを気にしているのを察したようだ。

荒木《あらき》さんもいるし、鬼瓦もいるし、千天寺家の使用人さんたちもいる。俺が飲み物を買いに行っている間に何かトラブルが起きても、誰かが対処できるか。

「頼んだ。……じゃあ、買いに行ってくるね」

「よろしくー」と三バカトリオに見送られて、俺は砂浜を離れる。

階段を上って舗装された道路に辿《たど》り着《つ》いた時、俺はおかしなことに気づいた。

――三バカトリオはともかく、鬼瓦は俺の舎弟なんじゃなかったっけ……？

三バカトリオと一緒にナチュラルにパシってきたから、疑問を抱くことなく買い出しを請け負ってしまった。

「いや、お前が行けよ」と言ったら、鬼瓦は渋々買いに行ったかもしれないのに。

パシられることに慣れ過ぎ。

思わず自分にツッコんでしまった。まぁ買いに行くのは構わないんだけど。

千天寺家の使用人さんに聞いた通り十分ほど歩くと、道沿いに立っている自動販売機を発見した。その前には、幼稚園児くらいの男の子を連れたお父さんがいる。男の子はメソメソと泣いていて、お父さんが困った顔をしながら男の子の手を引いていた。

「オレンジジュースはなかったけど、リンゴジュースはあっただろ？」

「オレンジが……良かったんだもん……」

「分かった分かった。また別のところでオレンジジュースがあったら買ってあげるから、今はリンゴジュースで我慢しよう？　な？」

「うん……」

自分が飲みたかったジュースがなくて、泣いてしまったのかな。小さい子連れの親子にありがちな光景――。

『――アキラくん、全然何考えてるか分からないのよ。なんか不気味だと思わない？』

こちらに向かって歩いてきた親子とすれ違う時、また昔の記憶がバチッと脳裏に呼び起された。

ちょうどそう……俺がさっきの男の子くらい幼い頃の記憶。

俺が覚えている限り、一番古い記憶だ……。

――ある年、母方の祖父が亡くなって、俺は初めてお葬式に行った。

年末年始、長期休暇の度に家族で会いに行っていた祖父。虫捕りが上手な祖父が、俺も好きだった。だから、その祖父がもう目を覚ますことがなく、一緒に遊べないというのは衝撃的なことだった。

でも俺は、泣いていなかった。

隣で兄が大泣きしていても、母さんと父さんが泣きながら手を取り合っている姿を見ても、涙は出てこなかった。

人格者だった祖父の葬儀に訪れた人たちは、みんな泣いていた。だから……一人、無表情で突っ立っている俺は、悪目立ちしていたんだろう。

名前も知らないおばさんが、俺に向かって言った。

全然泣かないのね。薄情な子……と。

それからそのおばさんが、別の参列者のところで「アキラくん、全然何考えてるか分からないのよ。なんか不気味だと思わない？」と話しているのを聞いた。

それに対して、周りがどんな反応をしていたかは覚えていない。

けれどその言葉は、幼かった俺の心にトゲのように刺さった。

俺は泣かないのが普通だった。

怪我《けが》をしても泣かない俺を、両親は我慢強い子だと言った。周りの友達や兄が泣くような場面で泣かなくても、両親が俺に「不気味だ」と言うことはなかった。自分が人と違って変だと思っていなかった。

しかしその件をキッカケに、家族は優しいから言わないだけで、自分は変なのかもしれないと考えるようになった。

実際、本当に俺は普通と違って変なのか、その答えは小学校に行くとすぐに出た。

『──アキラくんって何考えてるか分からなくて気持ち悪い……』

芋づる式に引き出されるイヤな記憶たち。

──大丈夫。考えるのをやめればいい。感情に蓋をしろ。痛みを感じるな。

目を瞑《つぶ》って、ふぅと息を吐く。

シズカのおかげで感情が動くようになって、ちょっとは俺も人間らしくなったと思う。

それを嬉《うれ》しく思う気持ちが大半を占めるが、いいことばかりでもなかった。

昔から俺は感情を表に出すのが下手だっただけで、何も感じていないわけじゃなかった。

心の動きは鈍かったけど、何を言われても痛くないわけじゃなかった。だから俺は、自分を守るために痛みに蓋をすることを覚えた。それが俺を一層無表情にさせることになったのだけど。

……そしてここ数か月、シズカが俺の心を動かすようになってから、昔感じないように蓋をしたはずの痛みが記憶と共に呼び起されている。ただ心が痛いだけの記憶なんて、もう一生思い出さなくていいのに。高校二年生になってからの記憶だけがあればいいのに。シズカと一緒に過ごしてきた記憶だけが……。

――アキラくん。

優しく名前を呼ぶ声。
慈しむような微笑《ほほえ》み。
不意に家までお見舞いに来てくれたシズカのことを思い出して、ハッとした。
「……早く飲み物を買って、みんなのところに戻らないと……」
変な感傷に浸っている場合じゃない。
自分の目的を口にすると。心が落ち着いてきた。
辿《たど》り着《つ》いた自動販売機には、お目当ての飲み物が揃《そろ》っていた。幸いなことに売り切れているものもない。自分が希望した飲み物がないと誰かが騒ぐことにならなくて済みそうだ。お金を入れて、ボタンを押す。イチゴミルク、Cレモ、アクエリ、コーラ。それからシズカたちのために水を三本追加。最終的に、五百ミリリットルのペットボトルが六本、イチゴミルクの缶を一本、両腕に抱えることになった。

飲み物を入れる袋を持ってこなかったから、腕や腹がダイレクトに冷やされる。早くみんなのいる砂浜に戻ろう……と歩き出したところで、ペットボトルの束の中心にあるペットボトルが急に滑って、落としそうになった。

咄嗟《とつさ》に膝を使って下から支えたが――。

「――あぁッ!?」

突然、女子の声。

「え――?」

――ドスッ。ガンッ。ゴロゴロゴロゴロ………。

横道から曲がって来た人が、俺にぶつかって盛大に転んだ。

赤髪の小柄な女子。彼女が持っていたと思われる二つの大きなコンビニの袋から、大量の缶ジュースが歩道に転がり出す。

「イッテェなぁ……もう!!　邪魔すんじゃねー……よ……?」

女子が俺を見上げる。それから俺が手に持っている大量のペットボトルと俺の顔を、何度も見比べた。

「なんだおまえ……おまえも誰かにパシられてんのか？」

「別に……そうでもないけど」

俺は歩道の端に自分が買った飲み物たちを置き、彼女が落としたコンビニ袋に、転がった缶ジュースを入れ始める。

「……俺が変なところで止まったせいで、ごめん」

「お、おう……分かってんならいいんだよ……」

女子も、もう一つの袋に缶ジュースを拾い集める。

この女子、耳にピアスをいくつも付けている。それに派手な赤髪に、この口調……なんだかヤンキーっぽい。大量の飲み物を持っているところからして、他のヤンキーたちにパシられる下っ端ヤンキーなのかもしれない。

「私はレイっつー名前なんだけど、おまえ、名前は何て言うんだ？」

缶ジュースを集めながら、ヤンキー女子……レイに名前を聞かれた。

旅行先でぶつかった人の名前を知ってどうするんだろうか。

まさか後で素性を突き止めてお礼参りをするのか。それとも純粋な好奇心からの発言か。

ただ好奇心で聞かれたのなら、あえて答えないというのも失礼かもしれない。二度と会わないかもしれないなら尚更《なおさら》、言ったところで困ることもないか。

「アキラ」

「ふーん、アキラか。……へへっ、こんなところでパシられ仲間に会うとは思わなかったぜ。高校生っぽいけど……何年生？」

やはりレイもパシられていたらしい。

「高校二年生」

「私は高校一年生。ちっこいから、高校生に見えないってよく言われるけど」

レイはニコニコと人懐こい笑みを浮かべている。……後でお礼参りに来そうなタイプではなさそうだ。

散らばった缶ジュースたちがビニール袋の中にすべて収まると、レイはその重たそうなビニール袋を両手に持った。レイは小柄だから、持ち上げるのも大変そうだ。力んで、顔が少し赤くなる。

「手伝ってくれてありがとうな。じゃあ」

よろよろと歩き出すレイ。持つのに必死で、前をちゃんと見ているように見えない。これじゃあまた、どこかで誰かにぶつかってしまうんじゃないだろうか。

――もしシズカが一緒にいたら、迷わず「手伝うよ」って言いそう……。

想像したら、ちょっとおかしかった。シズカだって袋一つ持っただけでよろけそうだけど、責任感が強いから必死で手伝おうとするんだろうな……。

シズカのことを考えていたら、俺も彼女を手伝ったほうがいいかなと思えてきた。

「どこまで運ぶの？」

「え？　えっと……向こうの砂浜」

両手の塞がっているレイは、顎先で方向を示した。俺が戻ろうとしている方向と同じようだ。

「俺も同じ方向だから、途中まで手伝うよ」

「でも……おまえ、自分の買った飲み物はどうすんだよ？」

「袋一つくらいなら、一緒に持てるよ」

「本当に大丈夫なのかよ？」と不安そうなレイから袋を一つ預かり、右手に持つ。そのまま自分が買った飲み物を両腕に抱え直した。手に重みがかかる分、さっきより持ちにくいが、何とかなるだろう。

「おまえ……パシリのくせに意外とやるな。……やっぱり男子は羨ましいな。体はデカくなるし、力は強いし……」

袋が一つになったレイは、先ほどより軽い足取りで歩き出す。それでも重そうだが、よろけることなく前に進めている。俺はレイの少し後ろを歩いた。

「アキラのボスはどんな人？」

「……ボスは、いないかな。俺は友達にパシられてるだけ」

「は？　パシってくる奴《やつ》を友達とは言わないだろ？」

「俺がパシられるのは、趣味みたいなものだから」

「趣味…………？」

レイが俺を振り向いて、怪訝《けげん》そうな顔をした。

「おまえ……なんか、変わってるって言われない？」

「…………言われる」

「くくっ。おまえ……なんか面白いなぁ」

俺からすれば、レイも少し変わっているように思えた。

缶ジュースの量からして、レイの上には二十人以上のヤンキーがいそうだ。この量を一人で持たされているところから見て、普段から優しい扱いを受けているように思えない。でもレイには、パシられている人間が醸し出す悲愴《ひそう》感がない。普通ならもっとげんなりしていたり、上の奴らがいないところでは怒っていたりしそうだが。

……まさかレイも、俺と同じでパシられるのが趣味だったりするのだろうか。

「レイは……なんでパシられてるの？」

「ふふふ……なんでパシられてるって……そりゃ、私が一番下っ端だからに決まってんだろ。下っ端の仕事は、みんなのパシリとしてせっせと働くことだ」

「……レイも、パシられるのがイヤそうじゃないね」

「あーそう見えるか？　うん、そうだな……私は力も弱いし、こんなことしかできないから。みんなの役に立てるならパシられてもいいやって思ってるよ。殴られても蹴られても、それが誰かの役に立つことなら平気。自分の存在意義を感じられるのって大事だよな」

　何でもないことを話すように、レイは笑っている。

『みんなの役に立てるならパシられてもいい』の部分には、共感できた。

　でもその先の台詞《せりふ》には頷《うなず》けなかった。

『殴られても蹴られても、それが誰かの役に立つことなら平気』なんて、笑いながら言うことか。初対面の俺を心配させないように、強がった言い方をしたのかとも思ったけど……なぜか俺は、それがレイの本心にしか聞こえなかった。本気でそう思っているとは、思いたくないけど。

　そこからもレイは楽しそうに話したが、俺は何となく会話に居心地の悪さを感じていた。


　やがて俺たちは砂浜に降りる階段に辿《たど》り着《つ》いた。

「あ、良かった……ボス発見」

「え？」

「ボスたちのほうが先に砂浜に向かったから、ボスたちがいる正確な場所は知らなかったんだ。ボスたちは目立つから、砂浜に行けば場所は分かると思ってたけど……いやー簡単に見つかって良かった」

少し高い場所から砂浜を見下ろすと……真っ先に目についたのは、三バカトリオがヤンキーたちと睨《にら》み合っている姿。俺が飲み物を買いに行っている間に、俺たちが遊んでいた場所の近くをヤンキーたちが陣取ったようだ。砂浜に用意された派手な色のビーチチェアには、サングラスをかけた大柄な男が寝そべっていて、他のヤンキーたちに大きな葉っぱで扇《あお》がせている。――王様のような男、あいつがボスだろう。

――そうだ、シズカは!?

ハッとしてシズカの姿を探すと、シズカはシズハさんと荒木《あらき》さんと一緒にレジャーシートにいた。その近くには、用心棒さながらに腕組みして立つ鬼瓦《おにがわら》。レジャーシート付近には千天寺《せんてんじ》家の使用人さんたちもいるのだが、みんな三バカトリオとヤンキーたちの様子を心配そうに見ている。

「その袋、ここまででいいよ。誰かに手伝ってもらったことバレたら、ボスに怒られそうだし」

「……分かった」

俺は、缶ジュースが零《こぼ》れないようにそっと袋を置くと、自分の買った飲み物だけを抱えて階段を駆け下りた。レイの言う通り、俺たちが揃《そろ》って登場したら面倒なことになりそうだ。

とりあえず俺は、シズカたちのほうに合流した。

「お待たせ……大丈夫？」

「アキラくん……」

俺を見て、シズカがホッとした顔になる。

——俺が砂浜を離れている間に何があったんだ……？

レジャーシートの上に飲み物を置きながら考えていると、荒木さんが低い声で話しかけてきた。

「臼井《うすい》、聞いて驚け。なんとあたしたちはリゾート地で旅行の真っ最中だと言うのに、穴《あな》熊《ぐま》高校の連中と鉢合わせている……」

「え？」

穴熊高校と聞いて、ドキッとした。

俺はかつて穴熊高校二年のボスだった黒松《くろまつ》とやりあったことがあり、穴熊高校のヤンキーとは少なからず因縁がある。

「……何年のボス？」

「ふんぞり返っている偉そうな大男が、三年のボスだ。名前は、雅狼《がろう》タイガ。やつの弟、雅狼バクヤの姿もある。あいつは確か、一年のボスだったな。黒松がいなくなってから、二年の連中は三年の傘下に降《くだ》ったし、雅狼《がろう》兄弟が今の穴熊《あなぐま》高校を牛耳っているといっても過言じゃない。厄介だから気をつけろ」

なんで穴熊の雅狼兄弟が、部下のヤンキーを従えてリゾート地でバカンスしているのか。千天寺《せんてんじ》家の別荘があるくらいだし、ここはかなりいいリゾート地だと思うんだけど。

考えていることが伝わったのか、俺の心の中の疑問にシズカが答えをくれた。

「シズハさんから聞いたんだけど、この島、その雅狼兄弟の家の別荘もあるんだって。雅狼家もすごくお金持ちらしいよ」

「そうなんだ……」

すると、砂浜で拾った貝殻をハンカチで磨いていたシズハさんが言った。

「同じタイミングで島に来たのは初めてでしたが、きっと大丈夫ですよ。ここに千天寺シズハがいることには気づいているでしょうし、家同士の喧嘩《けんか》になることは向こうも避けたいはずですから……」

「……そうだといいけどな」と荒木《あらき》さんが低く呟《つぶや》いた。

「穴熊三年のボスが金持ちっていう話は聞いてたけど、シズハさんと同じ島に別荘持ってるとかなんかムカつくな……」

「雅狼家は一度没落しそうになりましたが、銀堂《ぎんどう》家の援助を受けて再建したんですよね……。そのため、雅狼家は今や銀堂家の腰巾着です」

「銀堂って、千天寺家に負けず劣らず良家だよな？　あんなヤンキーがいる家を腰巾着にするなんて変なの」

「その銀堂家がまず変わっておりますから。……昔のことですが、わたくしは銀堂の方に政略結婚を持ちかけられたことがあるんですよ。向こうは五十代、わたくしはまだ十歳でしたのに」

「うへ……ヤバイな、それ」と、荒木さんが顔をしかめる。俺も同感だった。

お金持ちのいい家の人が皆、シズハさんやそのご家族みたいに優雅で洗練された人たちではないらしい。

「なぁそろそろシズハさんの別荘に行こうぜ。あいつらがいたら海を楽しめないって」

荒木さんが提案すると、シズカも頷《うなず》いた。

「うん……私もそろそろ、別荘でゆっくりさせてもらいたいかな」

「そうですね……たくさん遊びましたし、それではそろそろ帰りましょうか」

シズハさんが千天寺家の使用人さんに合図をすると、使用人さんたちはテキパキと片づけを始める。シズカと荒木さんも、自分たちにできる片づけを始めた。

「臼井《うすい》、あのバカたち呼んできて」

「分かった」

俺は小走りで三バカトリオを呼びに行く。

「――デンくん、キュウくん、ノンくん、そろそろ別荘に帰るって」

「……………おう」

穴熊《あなぐま》ヤンキーと何を話していたのか分からないが、デンくんはあっさりと振り向き、何も言わずにみんなのいるところへ戻ろうとする。キュウくんとノンくんも、黙ったままデンくんに続いた。

その時だった。

「――どれもこれも汚れてんじゃねーか!! こんな汚いもの寄越《よこ》すんじゃねーよ!!」

「ごめんなさい! ごめんなさい!」

野太い怒鳴り声が響き、浜辺の空気がピリついた。

缶ジュースをあちこちに投げながら怒鳴っているのは、穴熊三年のボス・タイガ。そして怒鳴られているのは……レイだった。

◇

突然、浜辺に響き渡った怒声。

タイガが怒っていて、小柄な女子ヤンキーが必死に謝っている。

大柄なタイガは、女子ヤンキーを蹴とばして、踏みつけた。女子ヤンキーは、砂浜に埋まってしまいそうだ。

「地面に落としたのか？　飲み口に砂が付いてるだろ？　俺の口に砂が入ってもいいのか？　いいと思ったのか？」

「……」

「聞こえねーぞ!!」

「いいと……思ってません……。ごめんなさい……」

少し離れたところにいる私たちにも、そのやり取りはハッキリと聞こえてくる。

砂浜にいた他の観光客も、不穏な気配を感じて遠ざかり始める。

――女の子相手に……ひどい……。

全然知らない子だけど、胸が痛んだ。

なんでそんなに怒ったのかよく分からないけど、明らかにやりすぎだ。他のヤンキーは何も思わないのだろうか……いくら舎弟だとしても女の子だし、誰か一人くらいタイガを止めようとしてもいいんじゃないの？

穴熊高校は共学。でも圧倒的に男子の人数のほうが多いらしい。今回タイガが旅行に連れてきた部下ヤンキーたちの中で、女の子はあの子一人だけみたい。誰も止めないということは、あの手加減のなさは日常茶飯事なのかも。

「はぁ……胸糞《むなくそ》悪いのが始まったぜ。さっさと別荘に行きてーなー」

戻ってきたデンくんたちが、レジャーシートに置いてあったそれぞれの鞄《かばん》を拾い上げる。

——あれ？　アキラくんは？　三バカトリオと一緒に戻っていない？

探すと、アキラくんはこちらに戻ってくる途中で足を止めていた。視線は穴熊《あなぐま》高校のヤンキーたちに向けられている。どうしたんだろう。

私は鞄を持って、アキラくんに駆け寄った。

「アキラくん……どうしたの？」

「あの子……さっき、飲み物を買って戻る途中で会ったんだ。俺とぶつかって、持っていた缶ジュースを落としちゃって……」

「そうなの!?　それであの人、汚れてるって怒ってるの!?」

いきなりどうして怒り出したかと思えば、そんな理由とは。

「……人に買いに行かせておいて、ちょっと汚れたからって文句を言って、さらに暴行するなんてひどすぎる……!!」

「し、シズカ？」

あまりの横暴っぷりに、カチンときた。

こっちのほうまで投げ飛ばされていた缶ジュースを拾うと、砂だらけになっていた。絶対に、あの子が持ってきたときのほうが綺麗《きれい》だったはずなのに。

少し汚れていたのなら、拭けばいい。ちょっと拭くだけで絶対に綺麗になる。それでも汚れが気になるって言うなら、洗いに行けばいい。なぜその手間をかけずに、飲めないと判断して投げ捨てるのか。

沸々と滾《たぎ》る怒りが私を突き動かす。

鞄の中から、アキラくんが買ってきてくれた手つかずの水のペットボトルを取り出し、缶ジュースにダバダバと水をかけて洗い、清潔なタオルで拭いて……ついでにアルコール除菌シートで拭きまくる。

ほら、もうこれで砂だらけになっていた缶ジュースはピカピカだ。

「シズカ、ちょっと……」

ズカズカとタイガに向かって歩く私を見て、アキラくんが慌てる。

でも私は止まらない。

ヤンキーの女の子のそばで不機嫌そうに立っているタイガに近づくと、私は自分で綺麗にした缶ジュースを差し出した。ヤンキーの女の子は、タイガの足元で投げ捨てられた缶ジュースくらい砂だらけになっている。

「買ってきてくれた人にそこまでしなくても良くないですか？　ちょっと汚れていたなら、自分で洗うなり拭くなりすれば綺麗になりますよ」

タイガにじろっと見られ、不覚にもビクッとしてしまった。タイガは体が大きくて、以前黒松《くろまつ》を前にした時のことを思い出す。いや、黒松より体が大きいかもしれない。

周りの穴熊《あなぐま》ヤンキーたちも、私に注目しているのが分かる。たくさんの視線にさらされて、鳥肌が立った。

ここまで来て、怒りのままに行動してしまったことをちょっと反省した。

——私、また自分から余計なことに頭を突っ込んじゃった……？

これは穴熊ヤンキーたちの問題なんだから、無視しても良かった。……でも、アキラくんがちょっと責任感じているように見えたからほっとけなかったんだよね……。

もう今更、引けない。

「水で洗って拭いて、ついでにアルコール除菌シートで拭いておきました」

「……俺がぶつかって、その子は缶ジュースを落としたんだ。良かったら俺が全部洗ってくるよ」

「アキラくん！」

いつの間にかアキラくんがすぐ近くに来ていた。しかも自分で責任を取ろうとしている……。

「わ、私も手伝いますけど……」

アキラくんが近くに来てくれたら、タイガが少し怖くなくなった。

辛抱強く缶ジュースを差し出し続ける。——すると、ようやくタイガが缶ジュースを受け取ってくれた。

「あぁ……本当に綺麗《きれい》になっているな」

低い声で呟《つぶや》いて、タイガが缶ジュースのプルタブを開ける。

「お前らの世話になることもねーな。誰か、そこの汚いジュースを全部洗ってこい」

何人ものヤンキーが「へいっ」と返事をして動き出す。さらにタイガは、砂浜の上でうずくまっていたヤンキーの女の子にも声をかけた。

「レイ。お前もその砂だらけの体を綺麗にして来い」

「はい……」

この子の名前は、レイと言うらしい。

レイさんが自分で動けるのを見て、安心した。

緊張が解けてちょっと疲れを感じる。

早くシズハさんの別荘に行って、ゆっくり休みたい。みんなのところへ戻らないと。

「アキラくん、戻ろうか？」

「うん……」

タイガが思ったより話の分かる人で良かった。黒松《くろまつ》みたいに自分の本能にしか従わない人間じゃなくて安心した。自分から突撃しておいてなんだけど、話し合いのできないタイプだったらどうしようかと思った……。

「別荘に着いたら、まずはシャワーかな？」

気持ちを切り替えたくて隣を歩くアキラくんに話しかけると、アキラくんが「そうだね」と頷《うなず》いた。

ビーチサンダルと足の隙間で、砂がジャリジャリする。

遊んでいる時はそんなに気にならなかったけど、もうビーチから引き上げると思った途端、すごく気になってきた。早く洗い流したい……。

「――――兄貴!!」

突然、私たちの前方にいる鬼瓦《おにがわら》くんが叫んだ。

どうしたんだろうと考えた時にはもう、私のすぐ後ろでバチンッという音が弾《はじ》けた。

振り返る途中、海に向かって勢いよく飛んでいくボールが見える……。

アキラくんは――私の頭部を庇《かば》うように手を伸ばし、穴熊《あなぐま》ヤンキーたちのほうを睨《にら》んでいる。

――もしかして今、海に飛んで行ったボール、私に当たりそうだった……?

なんで……と思いながら穴熊ヤンキーたちのほうを見ると、タイガが手首を振りながらこちらを見てニヤニヤと笑っていた。

「悪い悪い。お嬢さんがくれたジュース飲んで元気になったからビーチバレーでもしようと思ったんだが、手が滑っちまった。……しかし、いい反応だったな。いくら仲間に声かけてもらったといはいえ、今のボールを止めるのはなかなかできることじゃないぜ?」

「不測の事態に備えるのが趣味なんだ。どこかのノーコンヤンキーのボールが飛んでくることもあるんじゃないかって思っていたからね」

アキラくんから静かな怒りが滲《にじ》んでいる。

タイガのことをノーコンヤンキーと言われ、穴熊ヤンキーたちが騒ぎ出す。

「お前……タイガ様に向かって何てこと言いやがる!?」

「おいゴルァ!!　海に落ちたボールの空気が抜けてんぞ!!　どうしてくれんだ!?」

ボスを馬鹿にされた穴熊ヤンキーたちが口々に怒鳴り、さらに海に落ちたボールがしぼんでいると文句を言い出した。アキラくんが弾き飛ばしたボールは、その勢いで空気が抜けてしまったらしい。

でも……確かにアキラくんの力は強いけど、普通に飛んで来たボールを弾き飛ばしたくらいで空気が抜けるなんて変だ。そもそもタイガが飛ばしたボールの勢いが、凄《すさ》まじかったに違いない。頭に直撃していたら、首の骨とか危なかったかも……。

「オラオラオラオラァ!!　そっちから喧嘩《けんか》売っといて文句言うんじゃねーぞ！　そんなに言うなら、こっちのボールをくれてやらぁ!!」

急にデンくんがボールを抱えて走ってきたかと思えば、ジャンピングサーブ。

一直線に飛んで行ったボールは、穴熊ヤンキーの一人の顔面を捉えた。

「――あがッ……！」

直撃を受けて、一人倒れる。

「テメエエエエエ!!」

「やっちまえ!!」

怒りに顔を真っ赤にした穴熊《あなぐま》ヤンキーたちが、こっちに向かってボールやらゴミやら缶ジュースやらを投げてくる。こちらからはデンくんと、助太刀に来たキュウくん、ノンくんがボールやゴミやらを投げ返す。アキラくんは飛んでくるものを叩《たた》き落《お》とし、私に当たらないようにしてくれるけど……。

――こんなことになっちゃうなんて……どうしよう⁉　これ、私のせい……⁉

タイガは缶ジュースを受け取ってくれたけど、本当は私にごちゃごちゃ言われて腹を立ててったってことなの？　……ということはもしかして、穴熊高校の人って話し合いできないタイプの人しかいない？

アキラくんに守られながらオロオロしていると、アキラくんが私を見た。

「シズカは責任感じなくていいよ。シズカがやらなかったら、きっと俺が同じようなことをしていただろうし」

「アキラくん……」

アキラくんに慰めてもらって少し胸が軽くなったけど、状況は変わらない。

どうにかしてこの騒ぎを収めないと――。

「――おい、休暇中だぞ。そろそろやめろ。俺は喧嘩《けんか》売ったんじゃねぇ。ただ手が滑っただけだって言ってんだろうが」

タイガが言い放つと、穴熊ヤンキーたちは一斉に攻撃をやめた。

さっきまでの喧騒《けんそう》が嘘《うそ》のように静まり返る。

「千天寺《せんてんじ》家のお嬢さんよ……。本当にたまたま、ボールがそっちに飛んで行っちまっただけなんだ。悪気はねぇんだから、そんな怖い顔してこっちを見ねぇでくれよ……。ビーチで遊んでいたら、人のボールが飛んでくることなんて珍しくないだろう？」

ヘラヘラしながら話すタイガの視線の先には、険しい顔をしたシズハさん。

「……きちんとビーチのお片付けまでしてお帰りくださいね。雅狼《がろう》家のお名前まで汚すことになりますよ」

「ははは。ご心配ありがとう、千天寺家のお嬢さん。ゴミ一つ残らず掃除させるつもりだから安心してくれ」

「その言葉に責任をお持ちくださいね…………皆さん、行きましょうか」

シズハさんに声をかけられ、私もアキラくんも、三バカトリオも穴熊ヤンキーたちから離れる。

これ以上騒ぎが大きくなる前に終わって良かった。

シズハさんに後でお礼を言わないと……。

「──陰キャ、お前が臼井《うすい》アキラだな？　今日は会えて嬉《うれ》しかったぞ」

突然、タイガがアキラくんの名前を呼んだ。

アキラくんは足を止めない。

黙って私の手を握って、シズハさんたちのいるところへ歩き続ける。反応しなくていいと言われている気がして、私もタイガの言葉を無視して歩き続ける。

でも、穴熊《あなぐま》ヤンキーたちは違った。

「あいつが黒松《くろまつ》ゲンジを倒した陰キャか!?」とざわついている。

何も言わないアキラくんに向かって、タイガが大声で言った。

「せいぜい夏休みを楽しんでおけ！　人生において、楽しい時間はいつまであるか分からないからなぁ！」

意味深な言葉だ。まるで、これから何かあると言っているようにも聞こえる。

──まさかあいつら……またアキラくんに何かするつもりなの……？

心配になって、アキラくんの手をぎゅっと握る。するとアキラくんも私の手を強く握り返してくれた。

大丈夫。この手は、何度もピンチを切り抜けてきた手だ。それでももしアキラくん一人で大変なことがあれば、その時は私が力になる。

私の中に芽生えた『強くなりたい』という願望は、徐々に『強くなってみせる』という決意に変わっていた。

ビーチから戻った私たちは、千大寺《せんしんじ》家の別荘で順番にお風呂に入り、ダイニングルームで千天寺家お抱えシェフのディナーを堪能。そのままテーブルで、トランプゲーム大会に突入。このまま夜通し遊べるんじゃないかと思うくらい盛り上がって、みんなで大笑いした。

でも午後十一時頃になると、遊び疲れた私たちはだんだん眠くなってきていた……。

「シズハ。みんな眠そうだし、そろそろ寝たほうがいいんじゃないか？」

鬼瓦《おにがわら》くんに言われ、シズハさんも目をこすりながら答える。

「うーん……そうですね……そろそろ寝ますかねぇ……」

「そういえば、部屋は人数分あるのか？」

「わたくしたちが使えるのは、三部屋です。ベッドは人数分ちゃんとありますのでご安心を……」

「あぁ、三部屋なのか。じゃあ、このメンツだと……俺とシズハ、兄貴と姐《ねえ》さん、その他ってとこか？」

鬼瓦くんの言葉を聞いて、ドキッとした。

――え？　私とアキラくんが一緒の部屋⁉

さっきまで感じていた眠気が吹き飛んだ。

そんなの絶対に眠れない。というか……そういう覚悟をしてきていないんだけど！

ふとアキラくんを見ると、無表情のまま固まっている。動揺した様子だ。

それはそうだよね。アキラくんだって、私と一緒の部屋で寝ることになるとは思っていなかったよね……。

三バカトリオとヒロミも、「は？」と言いながら目を見開いて固まっている。

「なんであたしがこいつらと一緒に寝るんだよ！」

最初に我に返ったヒロミが、バンッとテーブルを叩《たた》く。

「あたしとシズカ、三バカトリオと臼井《うすい》、シズハさんと鬼瓦《おにがわら》だろ⁉」

「おいおいおいおいおい。俺もテメーが同室なのは気に入らねーが、アキラと委員長の初夜を邪魔するのには反対だぞ。空気読めやゴルァ」

――しょ、初夜⁉

イヤそうな顔で言うデンくんが、発言中にとんでもないワードを織り交ぜてきた。

顔が熱い。汗が噴き出す。

「どうせお前は、隣の部屋で聞き耳立てる悪趣味なことをしたいだけだろ⁉　絶対に反対だ‼　あたしの半径百メートル以内で風紀を乱すことは許さない‼」

ヒロミが再び、テーブルをバンッと叩く。

「おい臼井!!　ボサッとしてんじゃない!!　いつもならお前が真っ先にデンを床にめり込ませるところだろうが!!」

確かに、いつもデンくんが変なことを言い出すと誰より早くデンくんを黙らせるアキラくんが、動かない。……いや、動けないみたいだ。瞬《まばた》きもせずに固まっている。

うーん……そこまで動揺されると、さすがにちょっと傷つくんだけど……。

「皆さん……楽しく盛り上がってるところ申し訳ございませんが、もう部屋割りは決めてあるんですよ」

あくびを噛《か》み殺《ころ》しながら、シズハさんが言った。この中でシズハさんが一番眠そうな顔をしている。

「わたくしとシズカさんとヒロミさんの女子部屋、臼井くんと三バカトリオさんの男子部屋、そしてジョウの部屋です」

あぁなるほど……なんて平和な部屋割り……。

各々が納得する中、鬼瓦くんだけが微妙な顔をしていた。

「なんで俺だけ一人……?」

「ジョウは、同じ部屋に慣れない人がいると眠れないではないですか。ゆっくり休んでほしいので、ジョウは一人部屋にしました」

「いやいやいやいや、シズハは？　シズハは同じ部屋にいても寝れるし」

「わたくしはこれからシズカさんとヒロミさんと、眠るまで女子トークをするんです！　お泊り会の醍醐味《だいごみ》ですよ！　わたくしがこの青春チャンスを逃すと思いますか!?」

「え………」

青春チャンスに燃えるシズハさんに、鬼瓦《おにがわら》くんがこれ以上異議を申し立てることができるはずもなく……結局、シズハさんが提案した部屋割り通りに移動することになった。

みんなが部屋に向かう中、しばらくフリーズ状態だったアキラくんは最後まで残り、テーブルに散らばったトランプを集めている。

私も自分の近くにあったトランプを数枚まとめて集め、角を揃《そろ》える。

「あの……アキラくん」

「ん？」

もうこの部屋には私とアキラくんしかいないことを確認してから、私は小さな声で聞いた。

「固まるほど……私と一緒の部屋はイヤだった？」

ちょっと意地悪な質問かも知れない。あえて聞くほどのことじゃないと思う。だって、アキラくんはこう聞いて「イヤだ」って答えるような人じゃない。

でも聞いてしまったのは……やっぱり、「そうじゃない」って言ってほしかったからだ。

「……そうじゃ、ないよ」

ほら、アキラくんの返答は思った通りだった。

「そっか……」

少しホッとしつつ、わざわざこんな質問をした自分を馬鹿だなと思った。

本当に同じ部屋で寝ることになったら私だってもっと慌てただろうに、アキラくんの反応だけとやかくいうのも違ったな。

「……ごめんね、変なこと聞いちゃったね」

私が集めたトランプをアキラくんのところに持っていくと、アキラくんが……トランプごと私の手を握った。

「アキラくん……？」

「…………さっき固まったのは、シズカと同じ部屋に寝ることになったらどうなるんだろうって、考えちゃったからなんだけど……」

「うん……？」

「………三十パターンくらい考えたけど、シズカと何事もなく眠れるパターンが想像できなくて…………」

「あぁ、そうだよね……。私もアキラくんと同じ部屋で寝ようとしたら、緊張して眠れなくなりそうだなぁって思ってた」

「……そういうことじゃ……ないんだけど……」

「ん？　どういうこと？」

何事もなく眠れるパターンが想像できなかったということは、想像中に何事か起きてしまったのだろうか。私と同じ部屋にいて、どんな事件が起きるのを想像したんだろう。

私が首を傾《かし》げると、アキラくんはちょっと困った顔をして私の手を放した。

「ううん、何でもないよ。集めるの、手伝ってくれてありがとう。おやすみ」

「あ、うん。おやすみなさい」

アキラくんにおやすみの挨拶をして、私は女子部屋に向かった。

シズハさんはさっき『眠るまで女子トークするんです』と意気込んでいたけれど、私が来るまで待てなかったようで眠っていた。ヒロミも部屋にようやく来た私に「おやすみ」と声をかけて、すぐにベッドに横になる。ヒロミも眠いのに、私が部屋に来るのを待っていてくれたみたいだ。

「待っててくれてありがとう。おやすみ」と小声で返して、私は電気を消した。

友達と旅行に来るなんて、初めてだった。

こんなに遊んだのも、笑ったのも、過去一に思える。

隣の男子部屋からは、まだ話し声が聞こえる。

何を話しているかまでは聞こえないけど、きっとまたくだらないことで盛り上がっているんだろう。すぐに寝ないところが三バカトリオらしい。

アキラくんはどうしているだろう。三バカトリオを無視して寝るのかな。

遠くから聞こえる波の音。

ぼそぼそと聞こえる話し声。

シズハさんとヒロミの、規則正しい寝息。

――あぁ、私も眠れそう……。

外泊に慣れていないから眠れないのも覚悟してきたけど、思っていたより眠りが近い。

うとうと、意識が現実世界と夢の狭間《はざま》を漂い始める……。


――せいぜい夏休みを楽しんでおけ！　人生において、楽しい時間はいつまであるか分からないからなぁ！


禍々《まがまが》しい声を思い出して、目が覚めた。

妙にドキドキする胸を手で押さえながら体を起こす。空調の効いた涼しい部屋にいるのに、汗をかいていた。

手元のスマホの時計は、夜中の一時を示している。まだ少ししか眠れていない。

隣の部屋もシンとしている。さすがにもう三バカトリオやアキラくんも寝ているんだろうか。静かな別荘で、自分だけが起きていると思うと心細く感じた。

「あんなの……気にしちゃダメだって……」

別に何かされると決まったわけじゃない。きっとただの捨《す》て台詞《ぜりふ》だ。

「寝ないと……疲れが取れないよ……」

自分に言い聞かせるように呟《つぶや》くけど、眠いはずなのに眠れなくてもどかしい。

みんなと別荘に戻ってからは、考えないようにしていた。

誰も、穴熊《あなぐま》ヤンキーたちの話に触れなかった。

みんな気持ちを切り替えているようだから、私も切り替えなきゃと思っていた。

私だってもう考えないようにしたいのに、どうしても砂浜であった出来事を思い出してしまう。

私の過ごした今日という日は、紛《まぎ》れもなく楽しい最高の日なのに、たった一つのイヤな出来事が心に不安という名の染みを作っていた。

オメーさっき
委員長と
一緒に寝るのを
想像してフリーズ
してただろ
え？
こんな感じか??
私…
初めてで…
大丈夫、
優しくする…
…
委員長と
寝れなくて
残念だった
なぁ？
俺らのことは
襲うなよー？
いやん
おやすみ…
チーーーン
パシられ陰キャが
図星だった件

第二章　パシられ陰キャが、ロックオンされた件

九月一日金曜日。

久しぶりの登校日なのに、私にしては珍しく学校に行きたくなかった。

別に夏休みが終わるのがイヤなわけじゃない。大きな声じゃ言えないけど、むしろ夏休みは終わってくれていい……。今日は始業式だから、午前中で帰れる。明日からまた二日休み。しかしこのたった半日登校するのが、憂鬱だ……。

「シズカ」

大好きな人の声がした。なのに、今日は嬉《うれ》しい気持ちになれない。

しょぼんとしたまま振り向くと、同じく登校中のアキラくんが私に近づいてくる。

「アキラくん……」

「体調、大丈夫？」

「うん……体調は、良くなったよ。心配かけてごめんね……あと、旅行も台無しにしちゃってごめん……」

「台無しになんてなってないよ。誰もそんなこと思ってない」

「ありがとう……」

――今年の夏の思い出は、美しく楽しいもので終わらなかった……。

みんなで千天寺《せんてんじ》家の別荘に泊まった翌朝、私はすこぶる体調が悪かった。

完全に寝不足。めまいがして起きられなかったのだ。

その日は島のショッピングモールでお買い物をする予定だったのに、私はグロッキー状態で動けない。「私のことは気にせずお買い物してきていいよ」と言ったけど、シズハさんもヒロミもなかなか出かけなかった。

最終的にアキラくんが残って、シズハさんたちは買い物に行ったけど……みんな予定が狂って楽しそうじゃなかった。私のせいで、アキラくんもお買い物に行けなかったし。

帰りのクルーザーも、船酔いが酷《ひど》くて泣いた。なんとか吐かずに済んだけど、楽しむ余裕も周りを気遣う余裕も何もなかった。……本当に最悪だった。

学校の修学旅行でも、いい思い出がない。羽目を外したがる同級生を見て勝手に冷や冷やしてしまう私は、みんなの空気を悪くしがちだった。

今回やっと、気心知れた友達と旅行を楽しめると思ったのに……私って『みんなで一緒に楽しく旅行』ってものに向いてないのかな……。

自己反省と自己嫌悪で幕を閉じた高二の夏休み。いろんな意味で忘れられそうにない。

「慣れない場所に行って体調を崩すなんて、誰にでもあることだよ。それより、始業式までに体調が回復して良かった」

「優しすぎるよ、アキラくん……」

「本当に気にすることないよ。あの時体調を崩したのがシズカじゃなくて他の誰かだったら……シズカは今の俺と同じような言葉をかけるでしょ？」

「あ……」

そっか。そうかもしれない。

体調を崩したのがアキラくんでも、ヒロミでも、三バカトリオでも、誰であっても、私はその人を責めようとは思わない。今のアキラくんと同じことを言いそうな気がする……。

急に心が軽くなって、ちょっと涙が浮かんで来た。

「うぅ……アキラくん、好き……」

「えっ？」

思い余っていきなり「好き」と言ってしまったところ、アキラくんが思った以上に狼狽《うろた》えた。どう返していいか分からず戸惑っているアキラくんが、かわいい。

憂鬱な気持ちが吹き飛んだ。

アキラくんはすごい。落ち込んでいる私を励ますのが上手《うま》い。一緒にいると、元気になれる。

さっきまでの暗い気持ちなんて思い出せないくらい、晴れやかな気持ちになった。

……その後、三バカトリオとヒロミにも会ったんだけど、みんなもアキラくんと同じで夏休みの私の失態をまったく気にしていないようだった。

旅行から帰ってきて以来誰にも会わず、夏休み明けにどんな顔をして学校に行けばいいかずっと悩んでいたけど、何も心配することなかったみたいで安心した。


二学期の始業式が済み、ホームルームの時に席替えをして、私は廊下側の一番後ろの席になった。窓際の前から二番目の席だったアキラくんは、窓際の後ろから三番目の席だ。

私の席からは、誰にも気づかれず、アキラくんが机に肘をついて窓の外を眺める姿を眺めることができる。近くの席になれなかったのは残念だったけど、ここはここでいいな。

そして正午前、帰りのホームルームが終わり、鞄《かばん》を持ったアキラくんが私の席までやってきた。

「今日、どうする？」

「うーん……どこかでお昼ご飯食べて帰るのはどうかな？」

「いいね」

教室ではまだ恥ずかしくて、アキラくんと呼べないでいる。

クラスメイトは私たちが付き合っていることを知っているようだし、名前で呼んでいいのかもしれないんだけど……他の男子を名字で呼ぶ中、アキラくんだけ名前で呼ぶのは、やっぱり恥ずかしい。こんなことを気にするの、私だけかな。

アキラくんと一緒に下駄箱《げたばこ》に向かい、上履きから靴に履き替えて校舎を出る。

他愛《たあい》もない話をしながら、並んで歩いていると……。

「よ！　アキラ！」

校門を出た直後、アキラくんを親しげに名前で呼ぶ女子に遭遇した。

赤髪の小柄な女子。制服は、穴熊《あなぐま》高校のもの。

夏休みに砂浜でタイガに蹴られていたヤンキー女子……レイさんだ。

「レイ……なんでこんなところに？」

アキラくんはちょっと眉根を寄せて聞いた。

「夏休みの時、アキラはジュースを運ぶの手伝ってくれたし、そっちの子はボスに蹴られている私のことをフォローしてくれただろ？　だからお礼に来た」

「お礼なんていいよ。それより、こんなところに来ていたら、またボスにどやされるんじゃない？　俺にはもう関わらないほうがいいと思うけど」

「えーそんなつれないこと言うなよー！　私さ、アキラのこと気に入ったんだよね！　私と同じパシリなのに、力持ちだし、ボスが思いっきり打ったボールを反射的に撥《は》ねのけるし、何よりおまえ……二年のボスだった黒松《くろまつ》ゲンジを倒したんだろ？」

目をキラキラさせながら、レイさんが私たちの周りをくるくる回る。そしてピタッと止まると、背伸びしてアキラくんに顔を近づけた。

近い。近すぎる。

傍《はた》から見ていて、アキラくんにキスするんじゃないかと思ってビックリしてしまった。

夏休みに一回会ったきりのはずなのに、異性に対してこの距離感っておかしくない？

私の頭が固いだけで、普通なの？

「パシリのくせに強いなんてカッコいいな！　私、アキラみたいな奴《やつ》、好きだなぁ」

——ちょっと待って、この子、何言ってるの？　レイさんってもしかして……アキラくんのこと狙ってる⁉

私の中でレイさんの印象が、ボスにひどい扱いを受けている可哀想《かわいそう》な女の子から、アキラくんを狙う女の子にシフトチェンジした。

もしかすると私は、とんでもない子を助けてしまったのかもしれない。

これは絶対に『好き』って言った時の反応を見ているやつでしょ。

「なーんてね」とか冗談っぽく笑って男心をグラグラと揺さぶり、自分のことを意識させる算段に決まっている。

「なーんてね。ごめんね、彼女さんの前で変なこと言っちゃって。別に深い意味はないよ。ただ、アキラを人間として好きだなって思っただけだから、怒らないでよ？」

冗談っぽく笑うその姿も言い方も、予想通り過ぎて頭痛がした。

『怒らないでよ？』とくぎを刺しておきながら、彼女の目は私を挑発しているようだ。

私を彼女だと認識しておきながらその態度って……どういうこと？

アキラくんを奪おうとしているように思えて、焦る。

「それでさ、私もアキラみたいに強くなりたいんだ！　私のこと、鍛えてくれないか？

こんなこと頼めるの、アキラしかいないんだ！」

「ごめん……そういうのはやりたくない」

アキラくんがすぐに断ったので、ちょっとホッとした。

レイさんを見ていると、胸がモヤモヤする。すごく不安になってくる。……ついつい、早くアキラくんから離れてほしいなと思ってしまう。

ところがアキラくんに断られたにも拘《かかわ》らず、レイさんはまだ引かない。

「私が女だからいけないのか？」

「そうじゃないけど……」

さっきまでのキラキラした表情から一転、しょぼんとした心もとない表情を見せる。なんというか、庇護《ひご》欲をそそる雰囲気だ。

押してダメなら引いてみろ。あまりに綺麗《きれい》な緩急の付け具合で、ちょっと尊敬した。

この子、絶対に恋の駆け引きが上手《うま》いタイプだ。

同じスタート地点からアキラくんの争奪戦をしたら、負ける気がする。

私は恋の駆け引きが下手な自覚があるから、得意そうな子が苦手だ……。

さすがのアキラくんも邪険にできないのか、困った顔をしている。

――このままアキラくんはレイさんの頼みを聞き入れて、二人で修行なんかを始めて、私の知らないところで仲良くなったりするのかな……。

想像してしまったら、胸の中のモヤモヤが大きくなってしまった。

モヤモヤが体中にまとわりつくようで、苦しい。

早くこの子から離れたい。アキラくんをこの子から離したい。

黙って見ているだけじゃダメだ。私が何か言わないと。

「……穴熊《あなぐま》高校の人は、寄鳥《よりどり》高校の人を敵視しているよね？　うちの高校の生徒で、ましてや黒松《くろまつ》といろいろあったアキラくんと仲良くしたら、またボスに怒られるんじゃない？」

私が言うと、レイさんは小さく何度も頷《うなず》いた。

「まぁ確かに、穴熊のヤンキーが寄鳥のヤンキーに負けるなんてあってはならないこと。もちろん、馴《な》れ合《あ》うなんてもってのほかである……なんて言われてるし、アキラは穴熊高校の宿敵みたいな存在だ。でも……私が仲良くしたいと思ったんだ。そういう学校のしがらみとかを超えて。そういうのはダメなのか？」

「ダメなのかと言われると……」

そういう学校のルールに従うかどうかは、個人の自由だ。法律で決まっていることでもないし、本人が良ければ問題ないのかも。

私が言葉に詰まると、レイさんが今度はアキラくんに聞く。

「アキラも、ダメなのか？」

レイさんが切ない顔でアキラくんを見つめていると……。

「――ダメに決まってんだろ!!　この裏切り者が!!」

怒りながらこちらに近づいてきたのは、穴熊高校のヤンキー二人組だった。

寄鳥高校の校門近くにいた生徒たちが、穴熊ヤンキーを見るなり慌てて散らばる。

裏切り者と罵られたレイさんは、青い顔をしていた。

「二年の先輩たち……私の後をつけてたんですか……？」

「あぁ、タイガ様は何でもお見通しなんだよ。お前が臼井《うすい》アキラに会いに行くことも読んでいた」

「ちょっと話をしに来ただけなんです……」

「あぁ、ちょっと話をしに来ただけねぇ…………………………………………って、そんな戯言《たわごと》が通用すると思ってんのかっ!?」

穴熊ヤンキーの膝蹴りをお腹《なか》に受けて、小柄なレイさんの体が軽く浮く。

私は倒れそうになったレイさんに向かって反射的に手を伸ばすが、私の手が届く前にアキラくんがレイさんを後ろから支えた。

「臼井《うすい》アキラぁ！　俺たちの邪魔をするんじゃねぇ!!」

穴熊《あなぐま》ヤンキーの二人が、レイさんを支えるアキラくんに殴りかかる。

「シズカ、頼む」

「うん……！」

アキラくんはレイさんの体を私にサッと預けると、殴りかかってきた二人を二撃で地面に倒した。

もう大丈夫だ。

安堵《あんど》すると同時に、自分がさっきまで苦手だと思っていたレイさんを、咄嗟《とっさ》に助けようとしたことを思い出す。どんな相手でも、困っている人を見ればあれこれ考える前に手を差し伸べてしまう性分だ。なんというかまぁ――。

「――お人好《ひとよ》しだね、おまえ」

「え？」

「甘いなぁ。そんなんじゃ、大事なものを横から掻《か》っ攫《さら》われても文句は言えないぜ？」

レイさんを後ろから支えているから、どんな顔をしているのか見えない。

でも――笑われた。私にしか聞こえないくらい小さな声で。

それは『掻っ攫われても文句を言うなよ』と言っているように聞こえて、頭がカッと熱くなった。

『アキラくんは私の彼氏なんだよ』って言いたくなった。

けれどレイさんは私が彼女だと知っているのに、改めて言う意味があるのか考えたら、よく分からなくて言えなかった。

「……ここにいると、また誰か来るかもしれない。ちょっと場所を変えよう」

穴熊ヤンキーを倒したアキラくんが来て、レイさんを迷わず抱き上げた。

大事そうにレイさんを抱き上げるアキラくんと、アキラくんに身を委ねるレイさんを見て、胸の辺りがズッと重くなる。

お似合いのカップルみたいに見えてしまった。……本当はそんなのありえないのに。

アキラくんは私の彼氏で、レイさんはただの知り合い。アキラくんがレイさんを抱き上げているのは、レイさんが怪我人《けがにん》だからだ。

心の中で自分に言い聞かせたけれど、モヤモヤした気持ちは消えない。

それどころかモヤモヤした気持ちにトゲが生えて、ブスブスと私の心に突き刺さる。

——どうしてこんなに痛いの……？

もしクラスで怪我をした女子がいて、アキラくんがその子をお姫様抱っこしたら、こんなにイヤな気持ちになるだろうか。……ならないと、思うんだけど……。

「シズカ？」

アキラくんがレイさんを抱えたまま私を見ていた。私の複雑な表情に気づいたのか、心配そうな顔をしている。

「……どうしたの？」

その質問に答えられない。今、口を開いたら、「その子を下ろして」とか、言ったらダメなことを言ってしまいそうだから。

「……アキラ……いいよ。下ろして」

思いがけないことに、レイさんが自分から「下ろして」と言った。

アキラくんはちょっと考えてからレイさんを地面に下ろし、レイさんは少しお腹《なか》を庇《かば》いつつ、ちゃんと一人で立った。

「ごめんごめん、大丈夫。今日はもう、帰るよ。どこにいっても先輩たちが来るだろうし、アキラたちを巻き込むと申し訳ないし……彼女さんが、怖い顔で私のこと見てるしね」

「――ッ！」

最後の一言が、私を押し潰す。

――そんな怖い顔してた？　別に……そんな顔してたつもりないよ。

頭と心に泥を投げ込まれて、ぐちゃぐちゃにかき混ぜられたみたいだ。

汚く濁った感情が押し寄せる。

「じゃあな……ボスの機嫌が落ち着いたら、また来るよ」

レイさんはスッと私の横を通って、一人で歩き去る。

私は固まったまま動けなくなっていた。全身が鉛のように重い。

「……昼ご飯、食べに行く？」

アキラくんが私を気遣うような声で言った。

そんなに心配そうになるくらい、私は今、怖い顔をしているのかな。

——笑わなきゃ。アキラくんに、私の中のドロドロなものがバレないように……。

「ううん……なんだかちょっと疲れちゃったから、やっぱり今日はやめとく。ごめんね」

顔の表情が思ったより動かしにくくて、なかなかうまく笑えない。

アキラくんは気づくだろうか。私の苦しさに。

「分かった……じゃあまっすぐ駅まで行こう」

「うん……」

アキラくんは、私の提案をあっさりと聞き入れた。

自分で言い出したことなのに、ズキッと胸が痛んだ。

——あぁ馬鹿だ、私……。気づかれたくないと思って隠しながら、隠したものに気づいてほしいと願っている。なんて身勝手なんだろう。

駅に向かう途中、私は黙っていた。

頭の中も心の中もなかなか鎮まらなくて、アキラくんと話すのが辛《つら》かった。

何も話さない私にアキラくんは「大丈夫？」と聞いてくれたけど、私は笑って「何でもないよ」と言うことしかできなかった。

――レイさんに優しくするアキラくんがイヤだった。……なんて言ったら、私は変な子だよね。優しいアキラくんが好きなのに、レイさんに優しくしてほしくないなんて、おかしいよね。変なのも、おかしいのも自分なのに、なんで私が黙っているか分かってないアキラくんに怒っているなんて、酷《ひど》いよね……。

私は理由も言わずにアキラくんに八つ当たりして、困らせている。

アキラくんは、私が黙っている理由が分からなくて困った顔をしている。

――どうしてこんな気持ちになっちゃうんだろう……。

涙が滲《にじ》んできて、唇をかみしめた。

困らせたいと思う気持ちと、困らせてごめんねという気持ちが織り交ざって、心に醜い模様を描いていた。


それから十日後の月曜日、下校中の私たちの前に再びレイさんが現れた。

「アキラー久しぶりだな！」

屈託のない笑顔。元気いっぱいに両手を振りながら走ってくる。

レイさんの姿を見た瞬間、ようやく薄れてきたイヤな気持ちがよみがえってしまった。

この十日間、必死でレイさんのことを思い出さないようにして心を静め、やっと普通にアキラくんの顔を見て話せるようになったというのに……あぁまたモヤモヤが……。

「彼女さんも、久しぶり」

ご丁寧に私にも挨拶をしてくれる。とても挑発的な目で。

今日も私に喧嘩《けんか》を売って、隙あらばアキラくんの気を引く気満々みたいだ。

本当に苦手だなぁと思いながらレイさんに「どうも、こんにちは」と返していると、レイさんの腕にいくつも痣《あざ》があるのに気づいた。よく見ると、脚にも傷があるのが見える。

「その怪我《けが》……どうしたの？」

「あーこれ？　この前、アキラに会いに行ったのをボスに怒られた時に、ちょっとね」

──タイガはアキラくんに会いに行ったレイさんをきつく叱ったんだ……。

砂浜でひどい扱いを受けていたレイさんを思い出す。

レイさんは苦手だけど、理不尽な暴力を振るわれているのは可哀想《かわいそう》だ。

でもボスから制裁を受けてもなお、懲りずにアキラくんに会いに来るなんて……殴られても蹴られても構わないって思うくらい、アキラくんが好きなのかな……。

「また怒られるかもしれないのに来たの……？」

「俺も、もう来ないほうがいいと思うけど」

私とアキラくんに言われても、レイさんは明るく笑っている。

「平気平気。ボスだっていつまでも怒ってるわけじゃないから。あぁ見えて、優しい人なんだぜ。黒松《くろまつ》よりはずっと優しい！　黒松なら死ぬまで殴り遊ばれて人生終了だけど、ボスは二、三時間サンドバックになれば終わるし、アキラに会いに行ったくらいで殺すような人じゃないから！　な？　優しいだろ？」

殴られ慣れていると言わんばかりの発言。

今まで何度も殴られてきて、むしろ殴られて終わるならいいと思っているのかも。

でもそれを『優しい』と形容するのは違うんじゃないかな。

いやに『優しい』を強調するから、痛ましく思えた。

「そういう人を優しいって言っていると、どんどん優しさのハードルが低くなって、本当は優しさと呼べないものまで優しさと呼ぶことになるんじゃないかな……？」

「は……？」

レイさんの笑みが凍り付いた。口元は笑ったままだが、目が怒りに燃えている。

──怒らせてしまった。

「ごめん……あなたのこと、何も知らないのに」

急いで謝ると、レイさんが急にニコッと笑った。

「もー！　彼女さん、私が優しいって言ってんだから、優しいってことでいいじゃないか！　細かいところは気にしないでくれない？」

レイさんが私の背中をバシバシ叩《たた》いて笑う。

ちょっと痛いくらい強く叩いてきた後、私の背中のワイシャツをぎゅっと握ってきた。

「ねぇ、私がアキラに会いに来るのが、そんなに面白くない？」

「え……？」

「アキラは私がボスに怒られるのが心配で、来ないほうがいいって言ってくれるけど、彼女さんは違うよね？　私がアキラの近くに来るのがただただイヤなんだよね？」

「私も……あなたが怪我《けが》してまでアキラくんに会いに来るのを心配しているだけ……」

「違うだろ？　ヤキモチ焼いてんだろ？」


——ヤキモチ……？


「え？　ヤキモチ？」

アキラくんが驚いた顔をするから、私は慌てて否定した。

「違う。別にヤキモチじゃないよ」

「嘘《うそ》だぁ。彼女さんって、すっごく嫉妬深いんだね。私はただのアキラのパシられ仲間なのに、ヤキモチ焼くなんて変なのー」

「そ、そういうのじゃないってば!!」

思わず大きな声を出してしまった。

アキラくんとレイさんが、私をじっと見ている。

居たたまれない。自分の感情の置き場所が分からない。

「ごめん……今日は一人で帰るね」

それだけ言うのが精いっぱいだった。

アキラくんの返事も待たず、駅に向かって歩き出す。

一度爆発した感情を、すぐに収めることはできない。

このまま二人と一緒にいるのは、お互いにとって良くない。

——私が嫉妬深い……？

私がこんなにイヤだと思うのは、レイさんだけだ。

クラスの女子がアキラくんと話していても、イヤな気持ちになったことはない。むしろ、アキラくんがだんだんクラスメイトに馴染《なじ》んでいくようで嬉《うれ》しかった。

アキラくんは魅力的な人だから、私の他にアキラくんのことを好きになる女子がいてもおかしくないと思う。人を好きになる感情はなかなか止められないから、アキラくんを好きになる女子がいても仕方ない。私だってアキラくんのことが大好きだから、気持ちは分かる。

——レイさんを警戒する気持ちは、嫉妬なの？　これが……嫉妬……？

いつもより早足で歩いて、駅まで来た。

ここまで一度も振り返らずに歩いてきた道を振り返ると……そこには行き交う人たちがいるだけで、私の好きな人の姿は見えなかった。

心の奥底が痛かった。

痛む場所に、アキラくんが追いかけて来てくれるんじゃないかって淡い期待が置いてあったことに気づく。

「一人で帰るって言ったのは私なのに……やだなぁ……本当に馬鹿だ……」

視界が熱くぼやける。

また、やってしまった。

アキラくんを勝手に突き放しておきながら、心ではアキラくんを求めている。

「大丈夫」と言いながら、大丈夫じゃない私を助けてくれるのを待っていて、「一人にして」と言いながら、追いかけて来てくれるアキラくんを待っていた。

――矛盾だらけ。知ってる。男子はこういう女子のことを、面倒くさいって言うんだ。

◆

俺は馬鹿だったと思う。

前にレイが俺に会いに来た日、駅に向かうシズカは口数少なく様子がおかしかった。

でもシズカは話したくなさそうだったし、きっと目の前でレイが穴熊《あなぐま》ヤンキーに蹴られるのを見てイヤな気持ちになってしまったのかなと思って、無理に聞かなかった。

ところが今日……また会いに来たレイがシズカに言い放った言葉に、俺はドキッとした。

──違うだろ？　ヤキモチ焼いてんだろ？

二度目だけど、俺は馬鹿だったと思う。

レイの発言、いつもと様子が違うシズカ。

ここまでピースが揃《そろ》って俺に芽生えた感情は──『嬉《うれ》しい』だったのだ。

──シズカが、レイに俺を取られると思って、嫉妬してくれた？

敵味方関係なく全人類相手に優しくしそうなシズカが、嫉妬してくれた。

それが自分でも驚くぐらい嬉しくて、怒って帰ってしまうシズカを追いかけるという選択肢を、一瞬忘れた。

「──待てよ！　アキラ！」

一足遅れてシズカを追いかけようとした俺の前に、レイが立ち塞がる。

「ごめん、彼女を追いかけるから。レイももう帰りなよ。誰かに見つかる前に」

「アキラは足速そうだし、追いかけようとすればすぐに追いつくだろう？　その前にちょっと私の話を聞いてよ！」

「……何？」

「ちょっと……なんでいきなり冷たいんだよ？」

俺が面倒くさがっているのが伝わったのか、レイが頰《ほお》を膨らませる。

「……そんなに、あの子が好きなのか？」

「好きだよ」

「ふーん……一途《いちず》なんだね」

レイが近づいてきた。

体がくっつきそうなくらい、すぐ前に立つ。俺を見上げて口の端を吊《つ》り上《あ》げる。

「私も一途なんだよ……。尽くしたがりで、パシられるのが好き。私とアキラは似ているな」

「……話はそれだけ？　もう行ってもいいかな」

なんでレイは、わざわざ人の近くに立つんだろう。正直、この距離の取り方はあまり好きじゃない。

レイを避《よ》けて駅のほうに向かおうとしたが、レイが俺の腕にしがみついてきた。

「なぁアキラ！　私とも、もっと仲良くしてくれよ！　本当は私……彼女さん言ったみたいに、本当に人に優しくされたことがなくて、寂しいんだ……！　だからアキラが夏休みに助けてくれた時、本当に嬉しかったんだよぉ！」

困った。シズカを早く追いかけたいのに、レイがまとわりついてくる。

でも、レイを連れてシズカを追いかけるわけにはいかないし……。

「レイ、いい加減にしてほしい。そろそろ……」

「——おい！　レイ!!」

なかなか離してくれないレイを引《ひ》き剥《は》がそうとしていると、レイの名前を呼びながら男が近づいてきた。穴熊《あなぐま》高校の制服。それだけで面倒くさい予感がする。

「ば、バクヤ様……！」

レイは狼狽《うろた》え、なぜか俺の背の後ろに隠れた。

「お前は……臼井《うすい》アキラだな」

バクヤが俺に問う。

こいつは確か一年のボスで、三年のボス・タイガの弟だったはず。まだ高校一年のバクヤは、タイガと違って小柄だ。俺より身長が低い。

「……そうだけど、何か用？」

「レイを返せ。そいつは穴熊のヤンキーだ」

「返すも何も、借りた覚えも貰《もら》った覚えもない。連れて帰りたければ本人に言ってほしい」

「レイを懐柔しておいて、随分な言い方だなッ！」

バクヤが言いながら殴りかかってくる。小柄な分、俊敏だ。

「懐柔した覚えもない！」

バクヤの拳を避《よ》けようとするが、攻撃の切り返しが早くて避けきれない。

腕でガードするしかない――。

――ザクッ。

バクヤの拳は軽かった。だが、腕に拳が刺さった。

いや違う。刺さったのは、金属のトゲ。

バクヤは拳にトゲのついたメリケンサックを忍ばせていた。

「く……っ！」

初手でそんな物騒なものを使うとは、さすが穴熊一年のボス、そしてタイガの弟と言ったところか。そこら辺のヤンキーとやることが違う。

お返しに回し蹴りをお見舞いすると、バクヤは腕でガードした。…………が、勢いよくふっ飛んで地面に倒れる。

「え？」

想像以上に軽くふっ飛んで、驚いた。バクヤは地面に倒れたまま呻《うめ》いている。

小柄で体重が軽いにしても、もうちょっと手応えがある相手だと思っていた。ちゃんとガードしていたように見えたし、そこまで痛がるとは想定外なんだけど……力を入れ過ぎてしまっただろうか。

「ごめん、大丈夫？」と声をかけようとしたが、曲がり角からぞろぞろと穴熊《あなぐま》ヤンキーたちが出てきたのを見て口をつぐんだ。

一番前にいるのは大柄なヤンキー――タイガだ。

「おうおう！　お前、俺の弟に何してんだ？　俺の可愛《かわい》い弟をボコって、ただで済むと思ってんのか……？」

そのセリフで、いろいろ察してしまった。

いつから見ていたのか。それを聞いても無駄か。

――おそらくタイガは、最初から見ていただろう。バクヤがレイに声をかけるところから、あるいはレイが俺に会いに来たところから、すべて。

「向こうが先に殴りかかってきたんだ。正当防衛だと思うけど」

血の滲《にじ》む腕を見せると、タイガは首をひねった。

「さぁ分かんねぇな。先に手を出したのはお前で、その傷はバクヤの正当防衛によるものだったかもしれん」

「そいつが……先に……攻撃……して、きたんだ……」

地面に倒れたまま、バクヤが苦しげに言う。苦しみ方がわざとらしい。

「レイ、お前も見てたんだよな⁉　どっちが先に手を出したんだぁ？」

「ヒッ……」

レイが青ざめて息を呑《の》む。

「さっさと答えろ!!」

「さ、先に手を出したのは……」

質問って空気じゃない。これじゃあレイはもう、『俺が先に手を出した』としか言えないだろう。万が一俺を庇《かば》うような発言をすれば、レイは袋叩《ふくろだた》きにされる。

「……………………………………臼井《うすい》アキラです……」

予想通りの流れになった。

「あぁなんてこった!!　つまりお前は、穴熊高校に喧嘩《けんか》を売ったんだなぁ!!　売られた喧嘩は買うしかあるまい!!　そうだよなぁ!?」

タイガに扇動され、周囲の穴熊ヤンキーたちが「おぉ!!」と雄叫《おたけ》びを上げる。

「宣、戦、布、告！」

タイガの野太い声が、空気を震わせる。

「臼井アキラは、俺たち穴熊高校に喧嘩を売ったぁ!!　よってぇ!!　穴熊高校のヤンキーは、誠心誠意心を込めてぇ!!　臼井アキラを潰すものとするぅ!!」

「うおおおおおおおおお!!」

騒ぎ立てる穴熊ヤンキーたち。うるさくて耳が割れそうだ。

こいつらは最初から、俺を悪者に仕立てて宣戦布告するつもりだっただろう。

レイが正直に言っても言わなくても、辿《たど》り着《つ》く結果は同じ。

結局どうにかして俺が悪くなるように仕向けられる。

バクヤの相手をしてしまった時点で、俺は奴《やつ》らの罠《わな》にハマっていた。しかし……。

「レイが俺に絡むからって理由だけで宣戦布告するとは思えないんだけど……夏休みからこうするつもりだったのか？」

「くっくっく……さぁな？」

悪い笑みを浮かべて、曖昧に答えるタイガ。

夏休みにシズカがタイガを窘《たしな》めた件で、根に持っているのかもしれない。粘着質な男だ。

「もちろん逃げたりしねぇよなぁ？　臼井《うすい》アキラ……お前が逃げちまったら、俺の怒りの矛先がどこに向くか分からねぇもんなぁ!!」

「……彼女には手を出すな」

――ビリッと空気が凍《い》てついて、騒いでいた穴熊《あなぐま》ヤンキーたちが一瞬で静まった。

俺が怒るのがそんなに驚くことだったのだろうか。

さっきまで粋っていたのが嘘《うそ》みたいに、どいつもこいつも青い顔をしている。

この場でまだマイペースにお喋《しゃべ》りを続けるのは、タイガだけだった。

「お前が相手するって言うなら、心配することは何もねぇよ。俺は黒松《くろまつ》と違って、女を人質に取ってどうこうするような趣味もないしな。お前が逃げない限り、俺はお前の彼女に手を出さない。約束しよう」

その言葉をどこまで信じていいのか分からないが、何となくここで察したことがある。

タイガは以前から俺とやり合う機会を狙っていたのだろう。要は俺と喧嘩《けんか》する理由ができる機会を待っていたに過ぎず、俺たちはいつかこうなる宿命だったのかもしれない。

……どうしてこうなった……なんて考えても無駄そうだ。

「開戦はぁ!!　九月二十五日!!　二週間後としよう!!」

「……悠長だな。今すぐ潰すんじゃないのか？」

「お前にも準備期間が必要だろう。例えば……大好きな彼女に別れを告げるとか」

「手を出さないという約束をもう反故《ほご》にするつもりか？」

「あぁ違う違う。心配するな。俺はな、思いやって言ってるんだ、彼氏が傷だらけのボロボロになって潰れるのって、彼女にとって辛《つら》いことなんじゃないかと思ってよ。別れていれば、ちょっとは気がラクになるだろう？　他人になるんだから」

「……」

「本当に彼女のことを想《おも》うなら、別れるっていうのも優しさだと思うぜ。まぁしかし最終的に決めるのはお前だ」

タイガはくるっと俺に背を向けると、配下の穴熊ヤンキー共に向かって叫んだ。

「お前らぁ！　二週間後の九月二十五日午前零時から、お前らに臼井アキラを潰す許可を出す！　どんな手を使ってもいい！　何人でやってもいい！　臼井《うすい》アキラを仕留めた奴《やつ》は、俺の腹心としていい待遇を約束しよう！　早い者勝ちだ！　お前らもしっかりと準備しておけよ！」

「……お前は潰しに来ないのか？」

タイガがフンと鼻で笑った。

「俺がすぐに動いたら、こいつらの出る幕がなくてつまらない戦いになっちまうだろう。大将はすぐに動かないもんなんだよ。――それじゃあ、二週間後から始まる祭りを楽しみにしていてくれ」

タイガが俺に背を向けると、他の穴熊《あなぐま》ヤンキーたちもタイガに続いてぞろぞろと歩き出す。

「臼井アキラを排除せよ！」

「臼井アキラを排除せよ！」

穴熊ヤンキーが口々に叫ぶ中、レイが俺の腕を掴《つか》んだ。

「アキラ……ごめん！　本当にごめん！　私のせいで……！」

「レイのせいじゃないよ。気にしないで」

「ごめん……」

レイは泣きながら謝ってくれたが、穴熊ヤンキーの一人に引っ張られて歩き出す。

残された俺は、深い溜《た》め息《いき》をつくしかなかった。

宣戦布告を受けたのは初めてだ。

俺は穴熊高校のヤンキー全員と闘うことになるんだろうか。

今までで一番規模の大きい闘いになる予感がする。タイガとバクヤの実力も未知数。バクヤはともかく、タイガの戦闘力は最低でも黒松《くろまつ》と同等を見積もったほうがいいだろう。無傷で全勝なんてさすがに無理か……。

――何より、奴らが本当にシズカに手を出さないかなんて分からない……。

『本当に彼女のことを想《おも》うなら、別れるっていうのも優しさだと思うぜ』という言葉に、胸を衝《つ》かれた。別れれば他人になる。俺と無関係になれば、手を出される危険性も下がるかもしれない。そして何より、俺に何かあってもシズカは胸を痛めずに済む……？

俺はシズカを幸せにしたい。

でももし、俺と一緒にいることがシズカにとって不幸になるとしたら……俺はどうしたらいいんだろう。

今の今になって駅まで走ってみたけど、当然ながらシズカの姿はどこにも見つからなかった。もうとっくに、電車に乗ったか……。

分かっていたつもりだけど、どこかで俺が追いかけてくることを期待して、シズカが待っていてくれるんじゃないかと思っている自分もいた。……これは俺のとても勝手な願望だったけど。

今すぐシズカに会いたい。でも、どんな顔をして会えばいいか分からない。

――タイガに宣戦布告されたことを、どう伝えればいい……？

取り出したスマホでシズカの連絡先を表示したけれど、俺はそのまま画面をオフにした。

◇

「おはよう、委員長」

「おはよう、臼井《うすい》くん」

教室で交わす、いつも通りの朝の挨拶。

私は廊下側の一番後ろの席だから、教室の後ろ側のドアから入ってくる生徒のほとんどが、挨拶をしてくれる。そして、アキラくんも。

いつも通り挨拶できたことにホッとした。でも、それだけだった。

私はそれ以上アキラくんに何も言えず、アキラくんもそれ以上何も言わずに自分の席に向かった。

――昨日のこと……何も言ってくれないんだなぁ。

心がベコベコに凹《へこ》んでいく。

アキラくんは、一人怒って帰ってしまった私に呆《あき》れてしまったのかも。嫉妬深くてワガママでかわいくない女だと思って、愛想を尽かしてしまったのかも。もしかしたら……あの後レイさんに「私にしておけば？」って言われてオッケーしているのかも……。

「シーズーカー」

ヒロミの声がしたと思えば、後ろからむぎゅっと抱きしめられた。

「おーはーよ！」

「ヒロミ、おはよう……」

私が挨拶を返すと、ヒロミが私の顔を覗《のぞ》き込《こ》んできた。

「泣いたの？」

「え？」

「泣いた顔してんじゃん。昨日、臼井と何かあったのか？」

「い、いやいや何でもない！」

ヒロミは鋭い。でもここで騒がれると、私がレイさんに嫉妬した挙句、勝手に泣いていたことがアキラくんにもバレてしまう。

それは勘弁だ。心が狭いと、これ以上思われたくない。

「……喧嘩《けんか》したの？」

「喧嘩ってほどのことでもないと思うけど……」

「でも、臼井《うすい》に不満があるんだろ？」

「不満……なんて……」

勝手に期待して、思い通りにいかないアキラくんに勝手に怒って悲しくなっているだけ。

アキラくんに不満があると言ったら、自分がますますワガママで醜い人間に思えるからイヤだ。

「……なんか、らしくないね。いつものシズカなら、何かあったらすぐに臼井と話し合って解決してるのに」

ヒロミの言葉は私に重くのしかかった。

――違うよ。何かあったらすぐに解決していたのは、アキラくんが私に、私が必要としている言葉をすぐにかけてくれたからで……。

きっとアキラくんは、今まで私にすごく気を遣ってくれていたんだ。

私はいつも自分のごちゃごちゃした気持ちを上手《うま》く伝えられないのに、アキラくんは察してくれていた。私の心を解きほぐす言葉をくれた。

私はアキラくんの優しさに甘えていた。察してもらえることに頼っていた。

だからアキラくんが察してくれなければ……私たちの距離はこんなにも遠くなる。

「好き」とか「こうしたい」とか、ハッキリ言うレイさんのような人のほうが、付き合いやすいだろうな……。

「……何となくだけど、臼井もいつもより暗くない？　あたしはあんまり臼井の変化とか分からないけど。シズカが話しかけてくれるの待ってるんじゃない？」

「そう……かな？」

アキラくんは鞄《かばん》から教科書やノートを取り出しているところだ。

でも、何を考えているのか分からない顔をしている。私が話しかけてくれるのを待っているようには見えない。いつも顔を見れば「楽しそう」とか「眠そう」とか伝わってきたのに、そういうのも全然分からない。

……分からなくなってしまったのは、アキラくんにちゃんと向き合えていないからだ。

「……あたしは誰とも付き合ったことないから分かんないけどさ、好きな人と距離取って、いいことなんてないと思うぞ。あたしの父ちゃんと母ちゃんみたいに、喧嘩《けんか》したまま二度と会えなくなるってこともあるし」

他のクラスメイトに聞こえないくらい静かな声で、ヒロミが言った。

「ヒロミの、お父さんって……？」

「トラックの運転手だったんだけど、母ちゃんと朝からバチバチに喧嘩した日に、事故で死んだんだって。あたしはガキだったから、あんまり父ちゃんのこと覚えてないんだけど。母ちゃんは今でも、喧嘩したまま父ちゃんを仕事に行かせたことを後悔してるよ」

ヒロミが母子家庭なのは知っていたけど、お父さんのことを聞くのは初めてだった。ヒロミが話さないからいろいろ事情があるんだろうと思って、お父さんのことには触れないようにしていた。まさかそんな悲しいことがあったなんて、言葉も出ない。

「だからうちの母ちゃん、あたしと喧嘩《けんか》すると、仲直りするまで絶対にどこにも行かせないんだ。学校行く前に喧嘩した時は、学校行かせてもらえなかったこともある」

ヒロミのお母さんには、以前ヒロミの家に泊まらせてもらった時にご挨拶したことがある。豪快に大きく口を開けて笑う人で、突然泊まることになった私を歓迎してくれた。何があっても笑い飛ばしてしまうような力強いイメージがあったけど、大好きな人を亡くした過去があったなんて……。

「人生何が起こるか分からないし、あんまり後悔のないように生きないとね。後でどうにかしようなんて思ってても、その後であるか分からない。だからあたしも、母ちゃんとシズカとは絶対に喧嘩別れしたくないと思ってる。そんでシズカにも、そんな思いしてほしくないと思う」

「ヒロミ……」

まだ自分は大切な人を亡くしたことがないのに、涙がこみあげてくる。

学校だし、泣かないように堪《こら》えるけど、ヒロミは私が泣きそうになっているのに気づいて、私の頭をポンポンとした。

「泣き虫だなぁ」

「ごめん……」

「いいよ別に。あたし、そんなシズカが好きだし」

「うぅ……ヒロミぃ……」

「いや、でもそんなに泣かないでよっ」

だって『そんなシズカが好きだし』とか言われたら、泣いちゃう。

涙を我慢できなくなった私がグスグスと泣いていると、「あ、怖いヤンキー女子が委員長を泣かせてるー」とデンくんが叫んだ。

「うるせータコ。切り刻まれてタコ焼きにぶち込まれて焼かれろ」

「はあ!?　ふざけんなイカ焼き女!!」

「なんであたしがイカ焼きなんだよ!?　死ね!!」

「やんのかゴルァ!!」

ヒロミとデンくんは、すぐに喧嘩する。

私とお母さんとは絶対に喧嘩別れしたくないと言っていたけど、デンくんとは逆に喧嘩してないと落ち着かないのかもしれない。

「ストーップ!!　教室で喧嘩しないの!!」

睨《にら》み合うヒロミとデンくんを止めなきゃと思ったら、涙が止まった。

「あ、泣《な》き止《や》んだ」とヒロミが笑うから、私も釣られて笑ってしまった。

さっきまで泣いていたのに急に笑い出した私を、デンくんが奇妙なものを見る目で見ていたので、ヒロミと顔を見合わせてまた笑った。


ヒロミの言葉は心に響いたし、アキラくんとぎくしゃくしたままいちゃダメだと思えた。

でも、私とアキラくんの距離はまだ元に戻っていない。

アキラくんと一緒に帰る時にちゃんと謝ろうと思ったのに、「少し、一人で考えたいことがあるんだ。しばらく一人で帰っていいかな」と言われてしまったのだ。

距離を置きたいと言われたような気がして、血の気が引いた。

「待って、話したいことがあるの」と言いたかったけど、少しでも物わかりのいい彼女になりたくて「うん、分かった」と言ってしまった。

学校で話しかけると、普通に返事をしてくれる。でも、すぐに離れて行ってしまう。

一緒に帰れないどころか、放課後の勉強会も二学期になってから一度もできていない。

避けられていると思う。

どんどんアキラくんが遠くに離れていってしまうように感じる。

いつも一番近くにいてくれた人と距離を感じるのが寂しくて、夜は自然と涙が零《こぼ》れた。

……休日を挟んで、新しい週が始まっても、アキラくんとちゃんと話せないままだった。

『一人で考えたいことがある』というのは本当のことのようで、三バカトリオと一緒にいることも減ったように感じる。アキラくんは二年生になったばかりの頃のように、一人で静かに席に座って窓の外を眺めていることが増えた。

——しばらく一人で帰っていいかなって言われたけど、しばらくっていつまでなの？

私が少し落ち込んでいるだけで、「どうしたの？」と声をかけてくれた優しい人はもういない。そういえばアキラくんのほうから最後に話しかけられたのって、いつだったっけ。

——少しでいいから、話がしたいよ……。

そう思っていたけど、今日も授業が終わると、アキラくんは一人でさっさと帰ってしまった。

私は廊下側の一番後ろの席だし、ドアに一番近いところにいるのに、声もかけてくれない。朝は「おはよう」と言ってくれるけど、帰りは何も言わないで帰ってしまう。

まるで、私に引き留められるのを恐れているかのよう。

——もしかして、完全に嫌われちゃったのかな……。

心が寒い。

もっと早くに謝れば良かった。

謝るチャンスがないからと、ズルズル先延ばしにしていたら、だんだん謝りにくくなってきた。今さら謝っても、もうどうにもならないかも……。

「――……長、委員長！」

「へっ？」

　自分の席で考え事をしていると、いつの間にか私の前に不機嫌そうな顔のデンくんが立っていた。周囲にキュウくんとノンくんの姿はない。

「何度も呼んでんだけど……」

「ご、ごめん。ボーっとしてた……。えっと、何か用？」

「用っつーか……アキラのことだけどよ。あいつ、大丈夫なのか？　最近委員長と一緒にいる時間少ねーし、放課後は一人で穴熊《あなぐま》のヤンキー女子と会ってるみてーだし……俺らが相談に乗ろうとしても『これは俺の問題だから』の一点張りで何も言わねーんだけど」

「穴熊のヤンキー女子……？」

「砂浜でタイガにボコられてた、赤髪のヤンキー女子だよ。毎日放課後にコソコソ会ってるみてーなんだけど……なんだあいつ、委員長にも内緒で会ってんのか……」

　――アキラくんは一人で帰って、レイさんと会っているの？

　ショックで、手が震えた。

　――アキラくんは私じゃなくて、レイさんと一緒にいたいんだ。

　ズキズキと心が痛む。

「ごめん……最近アキラくんとはよく話せてないんだ。だから大丈夫なのかどうかはよく分からないけど、私じゃなくてヤンキーの女の子と会ってるってことは、その子と会っていれば大丈夫ってことなんじゃないかな……」

アキラくんは私といることより、レイさんといることを選んだんだ。それなら私は……アキラくんの気持ちを優先するしかない。私は今でもアキラくんが好きだから、幸せになってもらいたいもの……。

込み上げた涙が零《こぼ》れないように堪《こら》えていると、なぜかデンくんが舌打ちした。

「あいつ、本当に全部、自分一人で何とかするつもりなのかよ……」

「……ん？」

デンくんはアキラくんに対して何か怒っているようだけど、理由が見えない。

私とアキラくんの恋愛事情に、デンくんがそこまでイライラする必要はないはずだし、何より『全部、自分一人で何とかするつもりなのかよ』って――。

「――ごめん、デンくん、何の話をしてるの？」

「は？　タイガがアキラに宣戦布告した話に決まってんだろ」

「え…………？」

――タイガが、アキラくんに宣戦布告？　何それ……？

茫然《ぼうぜん》とする私を、デンくんが奇妙な顔で見る。

「……知らなかったのか？　雅狼《がろう》タイガが、アキラを潰す宣言したこと……」

ぶわっと全身に鳥肌が立った。

慌てて立ち上がったら、椅子が後ろにガタンと倒れてしまった。でも、そんなの気にしている場合じゃない。私はデンくんの腕を掴《つか》んだ。

「い、いつ……？　いつ、そんなことになったの？」

「いつって……先週のはじめくらいか？　俺もその現場にいたわけじゃないし、これは人づてに聞いた情報なんだが、タイガは二週間後に開戦すると触れ回っているらしい」

「先週から二週間後ってことは……まだ、始まってないの？」

「そういうことだな。開戦は、来週だ」

「開戦したら……どうなるの？」

「……確かなことは分かんねーけど、まずタイガは部下のヤンキー共に『九月二十五日午前零時から、お前らに臼井《うすい》アキラを潰す許可を出す』と言ったらしい。アキラを仕留めた奴《やつ》にいい待遇を与えるとか言って、連中の士気を高めているみたいだ。穴熊《あなぐま》ヤンキー共は今、どうやってアキラを潰すかで盛り上がってるって聞いたぜ。開戦したら、連日、穴熊ヤンキー共がアキラを襲いに来るようになるんだろうな」

何も知らなかった。

先週のはじめくらいということは、まさか、私が怒って帰った後？

頭の中でパチパチとピースが嵌《は》まり出す。

アキラくんが私を追ってこなかったのは、レイさんを追ってきた穴熊ヤンキーと何かあったからで、翌日からアキラくんが私を避けているように見えたのは、タイガとの戦いのことで悩んでいたからで……。

──私に何も話さないのは、私を巻き込みたくないと思っているから……？

「委員長、あいつ馬鹿だからよ……きっと、何もかも一人で背負い込もうとしてると思うんだわ。まぁ実際、あいつは一人で結構なことができきっからなぁ……頑張れば何とかなる部分も大きいんだろうけど」

デンくんが、ふぅと大きな溜《た》め息《いき》をついた。

「もう俺らが言っても何も聞かねーって顔してっから、委員長が一発ぶん殴って目ぇ覚まさせてやってくれよ。俺が殴るより委員長が殴ったほうが、あいつには効くから」

「な……殴るのはちょっと……」

「別にあいつの目が覚めるなら、方法は何でもいいけどよ。目が覚めたら俺らからのメッセージを伝えてくれ。一人で闘おうとするんじゃねーって。それから、オメーこのままじゃ負けるぞって」

「負けるって、どういうこと……？」

「自分がどういう時に一番強くなれるのか忘れてるだろ、あいつ」

「アキラくんが……どういう時に一番強くなれるか……？」

「あぁもう委員長が分からなくてもいい。目が覚めたあいつに言えば分かっから。じゃあ頼んだぞ」

私が倒してしまった椅子を、デンくんが起こしてくれた。そして、もう振り向くことなく教室を出ていく。

デンくんの表情を見て分かった。……デンくんは、アキラくんのことをずっと心配していたんだ。きっとキュウくんもノンくんも。

それなのに私は……何をしていたの？

ずっとずっと、的外れなことで悩んでいただけじゃない！

——アキラくんと、話さなきゃ……。

私も自分の鞄《かばん》を持って、決意と共に教室を出る。

ちゃんと話をしたい。

私が「一人で帰る」なんて言ってしまった後、レイさんと何があったのか聞きたい。

タイガたちと何があったのか聞きたい。

アキラくんが一人で悩んでいることに気づかなくてごめんねと、言いたい。

勝手に不機嫌になってごめんねと、言いたい。

一週間以上気づかずにボサッとしていた私が、今さら話を聞こうとしても、もう遅い？

——ううん、言わずに後悔するより言って後悔したほうがずっといいんだから!!

学校から駅までの道に、アキラくんの姿はなかった。

私は迷わず自分の家とは逆方向の電車に乗り、犬沼《いぬぬま》駅を目指す。犬沼駅は、アキラくんの家の最寄り駅だ。そこからさらに、アキラくんの家までの道を辿《たど》る。

そして――駅前の商店街に差し掛かるところで、見慣れた後ろ姿を発見した。

「アキラくんっ！」

振り向いたのは、やっぱりアキラくんだった。

「シズカ……？　どうしてこんなところに……？」

私は急いでアキラくんに駆け寄ると、逃げられないように腕をガシッと掴《つか》んだ。

「捕まえた……」

「え？」

「アキラくん、話したいことがあるの。ちょっといいかな？」

「……えっと……」

私が質問しているのに、アキラくんは私を見ない。私じゃないどこかを見ている。

知ってる。アキラくんがこんな仕草をするときは、周りの様子をさりげなく確認している時だ。周囲に危険がないか探っているんだろう。

――穴熊《あなぐま》ヤンキーたちを警戒しているんだ……。

「……ごめん、今日は、ちょっと用事があって急いでいるから……」

嘘《うそ》だ。アキラくんは本当に用事があって急いでいる時、そんな顔をしない。

私の目を見ずに話したりしない。

「やだ。今日、話したいの」

いつもなら、「そっか……じゃあまた今度ね」って引き下がったと思う。

でも、引き下がれない。また今度なんて、本当にあるか分からない。

ここまで来て明日何かあったら、今日アキラくんに強く言わなかったことを後悔する。

「アキラくん……なんで私のことちゃんと見てくれないの？」

「…………」

アキラくんは、斜め下に視線を向けたまま黙っている。

そんなアキラくんを見ていたら……ちょっと腹が立ってきた。

なんで黙っているんだろう。

言いたいことがあるならハッキリ言えばいいのに。本当に私と話したくないなら、嘘でもいいから家に帰らなきゃいけない理由をもっと言えばいいのに。引き下がらない私に、「うっとうしい」って冷たく言えばいいのに。

——まぁ私も、ついこの間までハッキリ言わずに黙っていて、アキラくんに迷惑かけたんですけどねっ！

一周回って爆発した怒りは、私をおかしなテンションにした。

「…………分かった。そうだよね。こんなところじゃ落ち着いて話せないよね」

「え……？　し、シズカ？　待って、どこ行くの？」

いきなり私に腕を引っ張られて、アキラくんが動揺している。

私はアキラくんの腕をぐいぐい引っ張りながら、犬沼《いぬぬま》駅に戻る。半ば無理矢理《むりやり》、改札を通らせ、一緒に電車に乗る。

「シズカ、どこに行くのか教えてよ」

アキラくんはそう言いながら、しきりに辺りを気にしている。

私の謎の行動も気になるけど、周りに穴熊《あなぐま》ヤンキーたちがいないかどうかのほうがもっと気になっている様子。タイガの宣戦布告を受けて、アキラくんはだいぶピリピリした生活をしているみたいだ。開戦は来週の予定らしいけど、タイガがその約束を守るかどうかは分からない。警戒したくなる気持ちは分かる……でも私は、未《いま》だにアキラくんが私のことをちゃんと見てくれないことのほうが気になる。

——アキラくんらしくない……。

デンくんが『一発ぶん殴って目ぇ覚まさせてやってくれよ』と言った気持ちが、分かってきた。

「アキラくん……今から私の家に行こう。そこで一発、殴らせてくれない？」

「えっ!?」

「一発殴らせてくれない？」なんて、生まれて初めて言った。

さっきまで私を見ようとしなかったアキラくんが、私をやっと見た。

でもまたすぐに目を逸《そ》らされた。

「シズカの家……は、まずいんじゃ……」

「大丈夫。今日はお母さんも出掛けるって言ってたから、夜七時くらいまでは帰ってこないよ。お父さんはいつももっと遅いから、気にしないで」

「いや、それは、もっとまずいんじゃ……」

慌てるアキラくんの頰《ほお》に、赤みが差す。

そんな気まずそうな顔をしても、もう逃がさない。

今日でアキラくんとのモヤモヤに決着をつけよう。

さぁ勝負だ、と私はこっそり拳を握った。

◆

シズカの家の前までは、何度も送り迎えをしたことがある。

でも家の中に入るのは、今日が初めてだ。

——本当に、家の中に人のいる気配がしない……。

シズカが鍵を開けた家の中は、電気が消されていて暗くて静かだった。

家に二人きりって……シズカのご両親的には大丈夫なのだろうか。帰宅したシズカのお母さんがどんな顔をするのか想像すると、ちょっと不安になる。

しかし今の俺は、シズカに従うしかない。

シズカは怒っているような顔をしていて、とても断れる空気じゃない。

「私の部屋は二階だから」

「う、うん……」

二階への階段を上がる間も、シズカはずっと怒っているような顔のまま。

——それにしても、どうしよう……。シズカが怒る理由に心当たりが多すぎて、自宅まで連行された理由が何なのか分からない……。

シズカはまだ、俺とレイの関係を疑って嫉妬しているんだろうか。先に帰ると言ったシズカを追いかけられなかったから、機嫌が悪いんだろうか。追いかけなかったことを未《いま》だ謝らず、距離を置こうとしている俺にイライラしているんだろうか。俺が別れようか迷っていることを察して、怒っているんだろうか——。

——お前にも準備期間が必要だろう。例えば……大好きな彼女に別れを告げるとか。

——俺はな、思いやって言ってるんだ、彼氏が傷だらけのボロボロになって潰れるのって、彼女にとって辛《つら》いことなんじゃないかと思ってよ。別れていれば、ちょっとは気がラクになるだろう？　他人になるんだから。

——本当に彼女のことを想《おも》うなら、別れるっていうのも優しさだと思うぜ。

宣戦布告を受けた日、タイガの言葉は俺の心に深く刺さった。そして俺を悩ませた。

俺は、誰よりシズカが好きだ。大事にしたい。笑っていてほしい。幸せにしたい。

俺の力で幸せにすることが叶《かな》わないとしても、俺のせいで不幸になるのだけは絶対にイヤだ。だから——俺と別れることでシズカが不幸になる確率が下げられるのなら、俺は別れを選ぶべきなんだ。

俺たちが別れれば、シズカに危険が及ぶ可能性は下がる。

俺はまだまだ甘い。不測の事態に備えて、勉強し、鍛えてきたが——現実はいつも俺の想像を超えてくる。どんなにシズカを守ろうと思って動いていても、予期せぬ方向から危険が及ぶことがある。守ると言いながら、シズカと一緒にトラックの荷台に閉じ込められた時には、己の無力さに吐き気がした。

また何かあった時、ちゃんとシズカのことを守り抜けるのだろうか。ちゃんと守れないなら、安全なところにいてもらうべきだ。

それから俺たちが別れれば、シズカが俺と穴熊《あなぐま》ヤンキーたちの闘いに胸を痛めずに済む。

タイガが最終的に俺をどうしたいのか、まだよく分かっていない。

泣いて謝らせたいのか。下僕にしたいのか。社会的に消したいのか。二度と外を歩けないようにしたいのか……。何にせよ、「潰す」と言われた以上、無傷ってわけにはいかないだろう。喧嘩《けんか》をしていれば、向こうにその気がなかったとしても、うっかり当たり所が悪くて死ぬことだってある。

——アキラくん、私より先に、いなくならないでね……。

ネコオカランドでシズカと交わしたあの約束を破ったら、シズカはあの時以上に泣いてしまうだろう。シズカは優しいから、絶対に悲しむ。

もし俺がシズカと別れておけば、俺に万が一のことがあっても、シズカの心の傷が軽くて済むかもしれない。

……先週からずっと、気が付けばこんなことばかりが頭の中をグルグルと回る。

きっと別れたほうがいい。

これから起きることを考えると、俺と付き合っていていいことなんかない。

分かってる。分かってるんだ。

でも、別れたくない……。

別れずに、何もかもうまくいく方法はないかと探してしまう——。

——あぁでも、シズカは今とても怒っているみたいだし、シズカから愛想が尽きたって別れを切り出されるのかも……——。

——ちゅっ。

——…………………ちゅっ。


唇の端に、キス。

続けて、中央にキス。

一秒あるか分からないくらい短いキスなのに、瞬く間に呼吸を止められ、思考を止められた。思考の渦から現実世界へ、ガッと引き戻される。

「狙い……定めるのって、難しいんだね……」

突然俺に触れたシズカの唇は、甘いミルクみたいな香りを放っていた。

まだ吐息を感じるほど近くにいるシズカが、つぶらな目で俺をじっと見上げる。

いつも俺のことを心配してくれて、いつも俺の変化に気づいてくれる、優しい優しい目。

俺のことを、大好きだと言ってくれる目。

その目が、そっと細められる。

「やっと、私のことちゃんと見てくれた。……ねぇ、殴られた気分はどう？」

シズカは拳で殴ったわけじゃない。痛みもない。

でも柔らかい唇からは、確かにいきなり殴られたのと同じくらい大きな衝撃を受けた。揺さぶられたのは、心。

視界がクリアになっていく。心配そうに微笑《ほほえ》んでいるシズカが良く見える。

ここしばらく、シズカの顔をちゃんと見られていなかった。一緒に帰らず、あまり話さないようにしていたから、こんな近くにシズカがいるのは久しぶりだ。

シズカと距離を取ろうとしたのは、シズカと一緒にいたら、いざ別れなきゃいけないと思った時に行動できなくなると思ったからだ。シズカとは一緒にいればいるほど、もっと一緒にいたくなってしまうから。

でも実際のところ、離れていれば一緒にいなくても良くなるわけじゃなかった。

シズカのそばを離れている間、俺の中で何かが枯渇していた。俺の中にはシズカと一緒にいなければ満たされない部分があって、ずっとシズカを求めていた。

——やっぱり無理だ……シズカから、離れたくない。

「アキラくん……？」

堪《たま》らずシズカを抱きしめると、名前を呼ばれた。

シズカに名前を呼ばれるのが好きだ。シズカに必要とされている気持ちになる。

「俺のこと嫌いになって、別れを告げに来たとか……じゃないよね……？」

「え？　…………そんな話をするんだったら、自分の部屋になんて連れてこないよ……」

俺の首にシズカの腕が回ってきて、ぎゅっとしがみついた。

「…………今日、聞いたんだ。タイガから、宣戦布告されたって話。すごくすごくビックリした。全然知らなかったから」

——そうか、シズカはそれを知って俺と話をしようと思ってくれたのか。

どう対処するかまだ結論を出せなかったから、自分の口からそのことを伝えられずにいた。でもいつか、シズカの耳にも入るとは思っていた。できれば、自分の考えがまとまるまで知ってほしくなかったけど。

「何があったか、教えてほしい。アキラくんから聞きたい」

「……うん」

部屋の真ん中で抱き合ったまま、俺は宣戦布告を受けた日のことを話した。シズカが怒って帰ってしまった後の話だ。

シズカが俺に身を寄せてくるから、俺とシズカの間には隙間がほとんどなくて、シズカの温かさと柔らかさが心地よい。俺の肩口に顔を埋《うず》めたまま、シズカは俺の話に相槌《あいづち》を打っていた。そして……。

「シズカを巻き込みたくないから、別れたほうがいいのかと思って、悩んでた……」

そう言った時、シズカがひと際強く俺を抱きしめた。

「私より、レイさんと一緒にいたかったわけじゃない？」

「それは絶対にない」

「でも、放課後にレイさんと会っていたんだよね……？　どうして？」

「レイはこうなった責任を感じていて、穴熊《あなぐま》高校の情報を少し流してくれていたんだ。そこまでしなくていいって言ったんだけど、罪滅ぼしのつもりみたいで」

「そっか……」

「……俺が一緒にいたいのはシズカだよ。本当はずっと一緒にいたいのに……最近離れていたから、辛《つら》かった……」

「じゃあ離れないで……私も、辛かった……」

シズカが少し力を緩め、俺の顔を見ようとする。

一度目が合って、すぐにシズカが目を伏せた。

「アキラくん……ごめんね。勝手に怒って帰ったりして。私……アキラくんと距離が近いレイさんが、すごくイヤだったの。こんな気持ち、初めてだったんだよ。教室でクラスの女子がアキラくんと話していても、こんなイヤな気持ちになったことはなかったの」

「うん……」

「……嫉妬だと思いたくなかった。でも、嫉妬してた。私が一人で帰ったのは、嫉妬だって認めたくなかったから。アキラくんと話せなくなっていたのは、アキラくんが心の狭い私に愛想を尽かして、レイさんを選ぶんじゃないかと思ったからなんだ」

「シズカの心が狭いと思わないし、愛想を尽かすことも、レイを選ぶこともないよ」

「本当に、思わない？」

「思わないよ。むしろシズカが嫉妬しているかもしれないって話になった時、俺、嬉《うれ》しかったから」

「え？　嬉しい……？」

「うん、シズカにも俺を独占したい気持ちがあるんだなって思って、嬉しかった」

「そ、そんな、嫉妬されて嬉しいなんてことあるの？　面倒くさいと思われたんじゃないかなって、ずっと気にしていたんだけど……」

「好きだから、他の奴《やつ》らとベタベタしてほしくないって思うのは、俺だけじゃないんだと思って……」

「ん？」

「ごめん、俺、多分シズカより嫉妬しやすい」

「そうなの⁇　そんな風に見えなかった……」

見えなかったのは、感情の分かりにくい顔のおかげだ。

何考えているか分からなくて都合の悪い時もあれば、都合のいい時もある。

シズカは俺がクラスの女子と話していてもイヤな気持ちにならないと言ったけど、俺はシズカがクラスの男子と話しているのを見て気になったことが何度かある。

嫉妬していることをシズカに気づかれたくなかったから、黙っていたけど。

「……驚いて、嬉《うれ》しくて、ボサッとしちゃったんだ。すぐに走り出せば、タイガの罠《わな》にハマらずに済んだかもしれないのに……馬鹿だった」

タイガの罠にハマったのは、シズカを不安にさせた罰なんじゃないかと思った。

弱音を吐き始めると、止まらなくなってきた。

これは俺の問題だから、一人で考えなきゃいけないと思って抱え込んできたけど、本当は誰よりシズカに話を聞いて欲しかったみたいだ。

シズカは優しくて、俺の弱いところも受け止めてくれると思うから、甘えてしまう。

「俺は、シズカを傷つけられたくない。俺のせいで、シズカを傷つけたくない。でも、シズカから離れたくない……どうすればいいのか、分からなくて……」

「……デンくんから伝言を頼まれたの。『一人で闘おうとするんじゃねー』って」

「デンくんが?」

どんな顔でシズカに伝言を頼んだか、想像できた。

デンくんには「オメー、大丈夫なのか?」って聞かれたけど、曖昧に誤魔化《ごまか》してしまった。その後もずっと、何か言いたそうな顔で俺のことをずっと見ていたのに、俺は何も気づかないフリをしていた。

デンくんを思い出すと、キュウくん、ノンくんの顔も思い浮かぶ。そして荒木《あらき》さんや、鬼瓦《おにがわら》とシズハさんの顔も思い出した。

——俺が助けてほしいと言えば、みんな……助けてくれるんだろうか。

「それからもう一つ、デンくんがよく分からないことも言ってたよ」

「よく分からないこと？」

「うん。『オメーこのままじゃ負けるぞ』って。どういうことか聞いたら、『自分がどういう時に一番強くなれるのか忘れてるだろ、あいつ』って言われて……」

「俺が……どういう時に一番強くなれるか……？」

「もっと詳しく教えてほしかったんだけど、私が分からなくてもいいとか言われちゃった」

——俺が一番強くなれるのは……。

デンくんに詳細を聞けなかったシズカは、不服そうな顔をしている。

少し膨れて見える頬《ほお》に手が吸い寄せられた。柔らかい。

あまりに手触りが良くて、優しくむにむにと摘《つ》まんでいると、シズカがくすぐったそうに肩をすくめた。

「な、何？」

「デンくんの言う通りだ……俺は、どういう時に一番強くなれるのか忘れてた」

「え？　デンくんの言いたいこと、分かったの？」

「うん……。俺が一番強くなれる時は、シズカを守りたいと思う時だよ」

「……！」

驚いたようにシズカが顔を上げる。頬《ほお》に触れる手に、熱が伝わってくる。

――あぁ、なんだか目が覚めたような気分だ。

俺の人生からシズカを切り離すことを考えても、最初から無意味だった。

今の俺があるのは、シズカのおかげだ。

シズカと別れたら、その時点で俺は潰れたも同然。

もしかしたらタイガの俺を潰す作戦は、彼女と別れることを勧めてきたあの時点で始まっていたのかもしれない。

断腸の想《おも》いでシズカと別れた先、俺はどんなモチベーションでタイガたちと戦うというのか。きっと開戦から間もなく、俺は『負ける』ことになるだろう。

「シズカ……俺はもう、タイガたちと闘わなきゃいけない。タイガを倒すか、俺に絡むことを諦めさせなきゃいけない。俺の近くにいたら、シズカにも危険が及ぶかもしれない。でも、シズカのことは絶対に守るから……そばにいてもらっていいかな……？」

「――うん。私はアキラくんの心の支えになりたい。何があっても、アキラくんのすぐそばにいたい」

シズカがくれたのは、俺が一番欲しかった言葉だ。

俺はシズカと距離を取ろうとしながら、離れようとする俺を追いかけて来てくれるシズカを待っていたのかもしれない。引き留めてほしかったんだ。矛盾している。

シズカが強引にここに連れてきてくれなかったら、こんな話し合いの場すら持てなかった。俺は延々と、一番選ぶべきじゃない道を一人で進んでいくことになっただろう。

——シズカに、助けられた。

不安と緊張から解き放たれると同時に、シズカを愛《いと》しく思う気持ちに歯止めが利かなくなる。

今度は俺からキスをした。

そっと離れて、シズカの表情を確認。シズカはさっき自分からキスしてきたときよりも照れているようで、真っ赤な顔をしていた。

あぁ、かわいいな……と思いながら、もう一度キスする。

また甘いミルクの香りが漂ってくる。シズカのリップクリームの香りだろうか。

——舐《な》めたら甘いのかな？

好奇心に抗《あらが》えず、キスしたままシズカの唇をちょっと舐めてみたら…………シズカが慌てふためいた挙句、床に尻もちをついて転んだ。

……そんなにビックリされるとは思わなかった。

「あ、あ、アキラくん……⁉」

「ごめん、甘い匂いがするから、甘い味がするのかなって興味が……」

「甘い味なんてしないよ！　香料が甘い香りなだけで！」

「でも、味も甘かったと思う」

「いやいや絶対に甘くない！」

「じゃあ、もう一回試したい」

「わ、私が二回して、アキラくんも二回したから、今日はもう終わり!!」

シズカは自分の手で口元をガードしながら、むぅって顔で俺を睨《にら》んでくる。かわいい。

ただ、キスは一日一人二回までって回数制限があるとは聞いてなかったんだけどな。

……でも、もう一回したらもっと欲が出てきてしまいそうな気がして、今日は素直に引き下がることにした。

あ
あのリップ
可愛い
いろんな種類が
あるんだね
いつも
迷っちゃうんだよね
UVカットのも
いいなぁ…
これはどう?
チョコ
美味しそう
チョコレート
リップ
クリーム
……
味はしないって
言ったの…
覚えてる??
パシられ陰キャが
分かってない件

第三章　パシられ陰キャが、追いつめられた件

アキラくんを自分の部屋に連れ込んで話をした翌日、私とアキラくんは学校でいつも通り話せるようになっていた。私が学級委員の仕事で教室の掲示物の貼り換えをしていると手伝ってくれたし、一緒に教室移動もしてくれたし、帰りは一緒に帰ろうと約束してくれた。

アキラくんが近くにいてくれると安心する。

こんな穏やかな気持ちで生活できたのは久しぶりだ。

……でも私が黒板掃除をしていた際、アキラくんが私の顔についたチョークの汚れをハンカチで拭きながら「あれ？　香りが変わった」と言った時には、心臓が破裂するかと思った。アキラくんの言う通り、今日はミルクの香りのリップクリームが塗れなくて、別の香りのリップクリームをつけていたから。

——だって、あのリップクリームつけようとすると、アキラくんとキスした時のこと思い出しちゃうんだもん……！

昨日アキラくんは、お母さんが帰宅する前に家を出た。だからお母さんは、娘が彼氏と家でキスをしていたことなんて知らない。知らないんだけど……後になって自分がすごい

ことをしてしまった気がして、お母さんの顔を見られなかった。

それはさておき、私とアキラくんが仲直りしたと見たヒロミは「良かったな」と一言。その後は私が久しぶりにアキラくんとゆっくり話せるように気を遣ってくれたのか、教室に来なかった。三バカトリオも、今日はアキラくんをパシらずに大人しくしている。デンくんには通りすがりに「ご苦労さん」と言われて、ちょっと照れた。

さぁ、ここからだ。

今日は水曜日。開戦は来週の月曜日。

これからアキラくんは、開戦に向けて準備をする必要がある。

私とアキラくんは一緒に下校しながら、作戦を立てていた。

「──九月二十五日から、穴熊《あなぐま》ヤンキーたちが俺を仕留めに来る。レイからの情報によると、力ある奴《やつ》がリーダーになってチームを作り、いくつかのチームに分かれて俺を狙う計画を立てているらしい。タイガが俺を仕留めた奴に腹心としていい待遇を与えるとか言ったから、穴熊の内部でも争いが起きているみたいだ」

「タイガは動かないのかな？」

「うん。しばらく動きそうにないって、レイが言ってた。タイガの家はそこそこ名のある家みたいだし、自分が表立って問題を起こすのは避けたいところなんじゃないかと思うんだ。扇動された部下が俺を仕留められればそれに越したことはないし、その時点で万が一大きな問題が起きたら、下っ端に責任を負わせて逃げられるからね。ある程度言い訳が効く状態なら、タイガの責任問題になっても親がもみ消してしまうと思う」

「そっか……家の力が強いっていうのは……なかなか厄介だね」

「さっさとタイガが飽きて諦めてくれれば一番いいんだけど。……それで、鬼瓦《おにがわら》と三バカトリオにちょっと助けてもらおうと思っているよ。無闇に喧嘩《けんか》するのはやめてもらいたいけど、俺が一人じゃないと分かれば牽制《けんせい》になるかもしれないし」

「それを聞いたら、鬼瓦くんが喜んで暴れに行きそう」

「余計に俺にヘイトが溜《た》まるようなことだけはしないでくれって、念を押しておこうと思う……」

　かつてヤンキー狩りの『鬼』と呼ばれ、猫岡沢《ねこおかざわ》市内で大暴れしていた鬼瓦くん。その被害に遭った穴熊《あなぐま》ヤンキーも一人二人じゃない。もしその『鬼』が、今やアキラくんの味方になっていると知れ渡れば、ビビッてアキラくんに手を出せなくなるヤンキーも多そうだ。

「学校に乗り込んできたり、アキラくんの家に押しかけてきたりすることはないかな……？」

「そのことに関係するんだけど……シズカに会わせたい人がいるんだ。一緒に来てもらってもいい？」

「あ……うん」

突然の話で、緊張してきた。アキラくんが私に会わせたい人って、誰なのだろう。

ドキドキしながら、いつも使わないバスに乗り、学校の最寄りの猫岡沢駅とアキラくんの住む犬沼《いぬぬま》駅のちょうど中間くらいで降りる。バス停には『雀谷寺前《すずめだにでらまえ》』と書かれていて、バス停のすぐ近くにお寺があった。このお寺が、雀谷寺なのかな。

「こっちだよ」

アキラくんに手を引かれて、お寺の山門の前に立つ。

「いきなり連れてきて申し訳ないけど、合掌して一礼してもらってもいい？　それから、山門をくぐる時は敷居を踏まないように、シズカは右足からで」

「分かった」

お寺に入る正しい作法なんて知らなかった。説明してもらわなかったら、普通に歩いて入ってしまったと思う。教えてもらって良かったなと思いながら合掌して一礼。右足から、敷居を踏まないように山門をくぐった。

アキラくんは慣れた様子だ。何度もここに来たことがあるみたい。

「アキラくん、会わせたい人って……？」

「あの人、このお寺のご住職」

「ご住職……？」

手水舎《ちょうずや》の近くで、掃き掃除をしている剃髪《ていはつ》の男性がいる。歳《とし》は六十くらいだろうか。私たちが近づいてくるのに気づき、ご住職がこちらを見る。

ちょっと頭を下げて挨拶すると、変な声が聞こえてきた。

「お？　お？　おー？　もしや？　もしやもしや？　その子が噂《うわさ》のシズカちゃん⁉」

「え？」

初対面のご住職に名前を呼ばれて、固まる。

ご住職は固まっている私に向かって勢いよく歩いてくると、ビシッと合掌。そして深々と頭を下げながら「これは尊いこと……」と呟《つぶや》いた。

全然状況が掴《つか》めない。この人とアキラくんは一体どんな関係なのか。改まってアキラくんが私に紹介しようとするんだし、とても特別な間柄なんだと思うけど。

「この人は雀谷寺《すずめだにでら》のご住職で、俺の……師匠みたいな人。シズカのことはいつも話していたから、今日はシズカに会えてテンション上がっちゃってるんだと思う」

「師匠？」

アキラくんに師匠がいるなんて初耳だ。

「えっと……師匠は元々警察の偉い人で、武術に長《た》けた人だったんだって。今は警察官を引退して、このお寺の住職なんだけど。それで、俺は小学生の時から師匠に稽古をつけてもらってた」

「そうだったの？」

「ごめん、今まで黙っていて。いつかシズカには言うつもりだったけど、基本的に俺に師匠がいることは誰にも言わない約束だったんだ。俺が師匠に鍛えてもらっていることがバレると、他にも鍛えて欲しい人が寄ってきそうで面倒だって言われていて……」

するとご住職が顎を撫《な》でながら言う。

「同じように鍛えたとして、アキラほど実力をつけられる者はなかなかいないよ。アキラには武術のセンスがある。これは天性のものとしか言いようがない。それを私に稽古をつけてもらえば強くなれると勘違いされては堪《たま》ったもんじゃないからね」

なるほど。アキラくんが今まで師匠の存在を隠していた理由は納得できた。

——そっかぁ。アキラくんは不測の事態に備えて鍛えていたら喧嘩《けんか》が強くなったと言っていたけど、本当は師匠がいたんだ……。

「アキラはねぇ……小学生の時に裏の雑木林で謎の修行をしていたんだ」

「謎の修行、ですか？」

「雑木林の中を走り回り、枝にぶら下がり、木に向かって下手くそなパンチやキック。何しているんだと思って話しかけてみたら、『犬沼《いぬぬま》の自宅からここまで一人で走ってきて、自己流のトレーニングで鍛えている』って言うんだよ。『何だこの子どもは！』って、興味湧くだろう？」

「そう……ですね」

「そんな幼きアキラ少年に話を聞いてみたら、興味深いことを言うんだよ。『教室に不審者が入ってきたらどうしようって考えたら不安になった。戦うにはどうしたらいいか考えたら、まずは筋肉を鍛えるのがいいかなって思ったんだ』ってね。なるほどそうかと思った私は、時間を見てアキラを鍛える手伝いをしてやったというわけだよ。もちろん、その力を殺生と弱い者いじめに使わない約束でね」

子どもの頃のアキラくんの話。聞いているだけでドキドキしてくる。

師匠がいると聞いた時は、お師匠さんがいるから強くなったのかと思ったけど、アキラくんが不測の事態に備えていたら強くなっちゃったというのは本当なんだな……。

「シズカも知っていると思うけど、俺は昔から心配性なんだ。不安を払拭したくて自己流のトレーニングを始めて、そこで師匠に出会った。『教室に不審者が入ってきたらどうしようって思って、不安になった』なんて言うと、大抵の人は杞憂《きゆう》だって笑う。だけど師匠は……初めて俺の不安を受け止めてくれた人だった」

アキラくんが言うと、ご住職が自慢げに胸を張った。

「そうそう。私は言ってやったんだよ。世の中の大半の人間は、思っていてもやらないんだ。誰かを心配に思っていても、何もしない。こうしたほうが良いってアイディアがあっても、何もしない。だから、心配だと思って行動できるお前は、凄《すご》いやつだ……ってね」

ご住職の言葉にハッとした。

その言葉はいつか、悩んでいた私にアキラくんがかけてくれた言葉に似ている。

するとアキラくんが気まずそうに頭を掻《か》いた。

「勝手に余計な話をしないでよ」

「ん？　なんだ？　私の名台詞《めいぜりふ》を使って、シズカちゃんにカッコいいところを見せたことがあるような顔だなぁ？」

「……師匠のそういうところ、嫌いだ」

「だが一周回って、私のことが大好きなのも知っている」

「うざい……」

初めて見るアキラくんだ。四十以上も年上の人相手に、素っ気ない態度。

いつも大人に対して丁寧な応対をしているところしか見たことなかったから、意外だった。きっとそれだけご住職を信頼しているんだろう。

ご住職の言葉がアキラくんの心を救い、アキラくんに受け継がれた言葉に私の心は救われた。言葉の絆《きずな》を感じて、胸が温かくなる。

アキラくんとご住職の仲の良さそうな様子を微笑《ほほえ》ましいなと思いつつ眺めていると、アキラくんがちょっと恥ずかしそうに目を伏せた。

「あの……そろそろ本題に入ってもいいかな」

ご住職が首を傾《かし》げる。

「はて？　アキラの愛《いと》しのシズカちゃんを紹介しに来てくれたんじゃないのか？」

「それもあるけど……もう一つ、大事な話があってきた」

「ふむ、穴熊《あなぐま》のタイガの話か」

ご住職の口からその言葉が出てくると思わず、私は息を呑《の》んだ。

やれやれという風に、ご住職が肩をすくめる。

「噂《うわさ》は聞いているよ。とんでもない奴《やつ》を敵に回したもんだ……」

「あの、アキラくんは悪くないんです！　向こうが勝手にアキラくんを敵視しているだけで！　それで……そうなったのは、私のせいなんです……」

私は咄嗟《とっさ》にアキラくんの弁護をした。アキラくんが自分の力を誇示しようとして、この事態を招いたとは勘違いされたくなかった。

タイガがアキラくんにちょっかいを出す原因は、きっと私にある。夏休みにタイガを注意したからだ。もしかしたらそれよりもっと前、アキラくんが黒松《くろまつ》とやりあった時に目をつけられていたのかもしれないけど、それだって私が原因だ。私が誘拐されて人質にならなければ、アキラくんがあの事件に関わることはなかった。

責任を感じて気落ちしていると、ご住職が私の肩にポンと手を置いた。

「大丈夫だよ、シズカちゃん。私はこれでも、アキラのことはよく分かっているつもりなんだ。アキラが自分から喧嘩《けんか》を売るような真似《まね》をしないことも知っている。……まだ日が長いとはいえ、あまり帰りが遅くなるといけないから、どんどん話を進めよう」

肩に置かれた手が、温かい。

スッと不安が引いて、心が落ち着いた。

「……師匠もどこかから情報を掴《つか》んでいるだろうけど、タイガに宣戦布告された。俺を潰したいらしい。それで、学校や自宅を狙われるのが心配なんだけど……」

突然アキラくんが、私の肩に置かれたご住職の手をペシッと払いのける。しかしご住職は何事もなかったかのように、今度は反対側の肩に手を置いた。

「知り合いに、さりげなく気を配るように伝えておこう」

知り合いとぼかしていたけど、警察のことかなと感じた。

警察の偉い人だったらしいし、警察官の知り合いは多いのかもしれない。学校やアキラくんの家の周りをこっそりパトロール強化してもらえたりするのかな……だとしたら、心強い。

アキラくんは「ありがとう」と言いながら、さっきと反対側の肩にあるご住職の手を払いのける。

「……しかし穴熊高校も大人しくなったと思っていたのに、最近は派手なことばかりやらかすなぁ。ここ三年は、卒業生の素行の悪さも問題になっているし」

アキラくんに払いのけられた手を、ご住職が大袈裟《おおげさ》な手振りでさすった。

「昔は、もっとひどかったけど知っているかな？　土竜《もぐら》高校と喧嘩《けんか》して、廃校まで追い込んだ。当時は私も現役だったから、あの抗争のことはよく覚えている。しかし土竜高校が廃校になって、穴熊《あなぐま》高校もさすがに反省してくれて、しばらくかわいいヤンキー高校になっていたんだけどねぇ……」

ご住職がまた私に向かってそーっと手を伸ばす。が、今度はアキラくんが後ろから私の肩に手を置き、ぐっと引き寄せた。背中にアキラくんの体温を感じる。

私を触らせまいとしているようで、ちょっとくすぐったい気持ちになった。

ご住職も笑っている。

「だから黒松《くろまつ》の時は驚いたよ。久しぶりにデカい事件だったたし、何より愛弟子《まなでし》が関与していたからなぁ。だが穴熊の空気が変わり始めたのは黒松が入学する前、雅狼《がろう》タイガが入学した年だと言われている。あいつは家の金に物言わせて上級生も買収し、一年にして穴熊のヤンキー共の大半を傘下に引き入れた。次の学年に黒松が入ってこなければ、去年のうちに穴熊を手中に収めていたはずだ」

ご住職の説明は続いた。

当時一年だった黒松は、二年のタイガに従わず、その圧倒的力で自分の学年全体をまとめあげた。しかしタイガは無理に黒松を従わせようとせず、黒松についた一年たちも自由にさせていたという。

そして今年四月、タイガは三年になり、黒松は二年になった。新しく入った一年生は、学年内でボスを立てて独自のグループを築くか、タイガにつくか、黒松につくか、かなり揉《も》めていたらしい。

しかしそこで、黒松が事件を起こして退学。タイガは残った二年を一気に取り込み、一年のボスはバクヤになり、雅狼兄弟は穴熊の頂点に立ってすべての生徒を配下に置くことに成功した……。

なんだかタイガが黒松を自由にさせていたのは、いずれ問題を起こして消えることを予測していたからなんじゃないかと思ってしまう。それくらい、上手《うま》くできた話だ。

「レイから聞いた情報とだいたい同じだ。師匠の説明のほうが詳しかったけど」

頭上でアキラくんが呟《つぶや》く。

「そっか……じゃあ、レイさんは本当にアキラくんの力になりたいと思って、情報を流してくれたのかもね……」

レイさんがアキラくんに会いに来たりしなければ、こんなことにならなかったんじゃないかって気持ちもある。まだレイさんのことを考えるとモヤモヤするけど、もうそのことでうじうじ悩んでいる暇はない。

過ぎたことは、変えられない。

穴熊の情報を流してくれるレイさんは貴重な存在だし、レイさんのことを考えてイヤな気持ちになるのはやめよう……。

「雅狼《がろう》の家には、汚い噂《うわさ》も多い。まぁ、あんな息子たちに好き勝手させているし、ご両親もお察しってやつだ。私から最後に言えることは一つ……アキラ、重々、気をつけなさい」

「分かってる。なるべく大きな騒ぎにならないように努力するよ」

この闘いを穏便に終わらせる方法が、どこかにないのだろうか。

タイガが飽きて、終戦宣言するまで、できるだけ相手を刺激しないようにやり過ごすしかないのかな。

アキラくんのこれからを思うと、辛《つら》くなってくる。

――でも気落ちしていられない。ここは私が頑張って、アキラくんを支えていかなきゃ。


やがて日が傾いてきて、私たちはご住職に別れの挨拶をした。

アキラくんは「土日にここに来るから、ちょっと稽古つけてもらってもいい？」と頼んでいて、ご住職は「土日は忙しいんだけどなぁ。まぁ可愛《かわい》い弟子のピンチだし、合間合間に面倒見てやろう」と応じていた。

アキラくんがどんな修行をするのか興味があるけど……今回は邪魔にならないようにしよう。

「……最後にちょっと、シズカちゃんに話したいことがあるんだけどいいかな？」

「私にですか？」

「うん、ちょっとこっちにいいかな？　二人で話したいんだ」

ご住職が歩きながら手招きする。

ちらっとアキラくんを見ると、イヤそうな顔をしていた。私とご住職が二人で話すのが不安みたい。でも私はご住職の話が聞きたくて、アキラくんに「ちょっと待ってて」と声をかけると、ご住職のもとに駆け寄った。

アキラくんに背を向けて、ご住職が私にひそひそと話しかける。

「――あいつ、バカみたいに不器用だろう？　思い詰めると視野が狭くなってしまうがない。一人にならないよう、そばにいてやってほしい」

ご住職の言葉には、アキラくんを大切に想《おも》う気持ちがたくさん詰まっていて、胸が熱くなった。

自分が大切に想う人を、大切に想ってくれる人だ。同じ人を大切に想う者同士、ご住職とは仲良くなれそうな気がした。……アキラくんは、ちょっとイヤそうな顔をするかもしれないけど。

でもきっとそんな顔をしつつ、アキラくんも私とご住職を見て嬉《うれ》しい気持ちになったりするんじゃないかな。そうじゃなければ、私をご住職に紹介しないと思うから。

「君に出会ってからアキラは本当にいい顔するようになって、私も嬉《うれ》しいんだ。今日、シズカちゃんに会えて良かった。ありがとう」

「……私も、今日ご住職にお会いできて嬉しかったです。ありがとうございました。また、アキラくんと一緒に来てもいいですか？」

「噂《うわさ》に違《たが》わず、いい子なんだねぇ。またいつでもおいで。一人でも、二人でも」

「はい」

力強く頷《うなず》いてから、私はアキラくんのところに戻った。

「何の話だった？」

「アキラくんのこと、よろしくねって話だった。今日、ここに連れて来てくれてありがとう。アキラくんの大事なお師匠さんに会えて良かった」

「あ……うん」

アキラくんはちょっと照れたようにうつむいた。

二人で手を繋《つな》いでバスを待ち、猫岡沢《ねこおかざわ》駅まで戻ってから別れた。本当は一人で猫岡沢駅まで行って、アキラくんは雀谷寺《すずめだにでら》から家に歩いて帰ることもできたんだけど、アキラくんが猫岡沢駅まで送ると言ってくれたのだ。

何となく、今日はアキラくんと少しでも長く一緒にいたい気分だったから嬉しかった。

そして、こんな穏やかな日がいつまでも続けばいいのにと、願わずにはいられなかった。

——しかし私がどんなに願っても、開戦の日は刻一刻と近づいていた。

◆

九月二十五日、月曜日。

いつもと変わりなく見える猫岡沢市内で、穴熊《あなぐま》と俺の開戦の火蓋が静かに切られていた。

今日から、穴熊ヤンキーたちが俺を仕留めようと狙ってくる予定だ。

いつ来るか、何人で俺を狙いに来るか、俺には何も分からない。

気が張り詰めてピリピリしていたが、俺はいつも通りに学校へ行った。

……その日、俺を狙いにやってきたのは、穴熊ヤンキー五人組。下校途中を襲撃されたが、難なく返り討ちにした。

ちなみに裏で動いている鬼瓦《おにがわら》からは、「兄貴に手ぇ出したらどうなるか教えてやっといた」と連絡が来た。詳しい人数は覚えてないと言われたが、かなりの人数が鬼瓦に釘《くぎ》を刺されたんだろう。俺に辿《たど》り着けたのが、五人しかいなかったくらいだし。

続けて火曜日、水曜日と、俺は誰からも攻撃を受けなかった。

俺が相手をする前に三バカトリオがやっつけたり、陰でコソコソしている奴《やつ》を荒木《あらき》さんが「目障りだ邪魔くせー」とブチ切れてやっつけたり、また鬼瓦から「怪しい動きをしている奴《やつ》は全員シメといた」と連絡がきたり……。俺の周りの防御網は意外と固く、穴熊《あなぐま》ヤンキーたちは俺と一戦交える前に苦戦しているようだった。

すると木曜日。鬼瓦《おにがわら》から、「穴熊ヤンキーが少ない上に、鬼瓦が見かけた穴熊ヤンキーは、鬼瓦の顔を見ると全力ダッシュで逃げたらしい。

「――なんかもう、穴熊ヤンキーとアキラくんの闘いじゃなくて、穴熊ヤンキーと鬼瓦くんの闘いになってない？」

その日の帰宅途中、シズカが俺に言った。

「鬼瓦が暴れすぎなんだと思う……。おかげで普通に生活できているから、かなり助かっているけど」

「鬼瓦くんって、味方だとすごく心強いね。遊園地の時も、アキラくんと並んで闘っている鬼瓦くんを見て、本当に凄《すご》いなぁって思った。アキラくんについていけるのって、鬼瓦くんぐらいしかいないんじゃない？」

「……俺も、あいつは凄いと思うよ。俺より喧嘩《けんか》慣れしているし」

鬼瓦には何度も「無理はするな」と忠告しているけど、鬼瓦は「無理って何だ？」ってくらいケロッとしていた。

日常的に喧嘩をこなせる強メンタルを、ちょっと尊敬した。さすが、全国各地でヤンキーを狩ってきたというだけのことはある。鬼瓦一人で、タイガとバクヤ以外の穴熊ヤンキー全員を軽く潰せそうだ。

今のところ、まだタイガとバクヤが動く気配はない。レイから聞いた通り、今は部下ヤンキーたちがタイガに取り立ててもらえるよう、各々の作戦で必死に俺を狙っているところなんだと思う。

そして金曜日、俺とシズカは下校途中に穴熊ヤンキーのグループに囲まれた。

しかし普通に立ち向かってくる穴熊ヤンキーの攻撃力はたかが知れている。シズカに危害が及ばないように気を配りながらでも、楽々倒せた。

「一週間終わったね……。アキラくん、お疲れ様」

「うん。シズカもお疲れ様。俺と一緒にいて疲れなかった？」

「穴熊ヤンキーがいつ来るか分からないから緊張したけど、思ったより危ないこともなかったし、私は大丈夫だよ」

駅で別れる前にシズカが俺の前で立ち止まった。

微笑《ほほえ》むシズカが、かわいい。あまりにかわいいので、シズカの頬《ほお》に触れてふにふにすると、シズカが照れたように体をもじもじさせる。

最近、シズカの頬をこうするのにハマってしまった。

クラスの女子が、スクイーズと呼ばれる柔らかい素材でできたマスコットを握って「癒《いや》される」と言っていたが、確かに柔らかいものをふにふにすると癒《いや》し効果があるようだ。

シズカの頬《ほお》のほうが、断然癒し効果があると思うけど。

ついでに頬を触らせてもらえるのは、気を許してもらっている証拠だと思うから、気持ちが和む。

「アキラくん、こうやって触るの好きだね……」

「うん、好き。すべすべでふにふに」

「そ、そんなすべすべでもないよ。まだ暑いから、汗かいてるし」

「…………あと、こうしてるとキスしたくなる」

「にょっ!?」

驚いたシズカが変な鳴き声を上げて、俺は堪《たま》らず噴き出した。

よけいに真っ赤になるシズカが、すごくかわいい。

「あ、アキラくんが変なこと言ったせいだよぉ!」

「ごめん、ふふっ」

「もうっ!」

――ちゅっ。

笑っていたら、不意打ちで頬にキスされて驚いた。

シズカは口を尖《とが》らせて俺をじっと睨《にら》んでいる。顔が真っ赤だ。

「人目につくところだから、これが限界。今日は一回だけ！　じゃあまた来週ね！」

真っ赤な顔のまま、シズカが電車のホームに向かって走って行ってしまう。

品行方正なシズカが、人のたくさんいる駅で俺にキスをしてくれるとは思わなかった。

キスされたのは頬《ほお》だけど、シズカがどれほど勇気を出して行動してくれたか考えると口元が緩む。

――また来週ねってことは、来週もキスしてくれるんだろうか。

それを本人に聞いたら「そういう意味じゃないよ！」とさらに真っ赤になる姿が想像できて、そっと笑った。

土曜日。今日は学校に行く必要がないから、いつもより遅くに起きてボンヤリ過ごしていた。先週の今時分はもう、師匠のいる雀谷寺《すずめだにでら》に行ってトレーニングをしていたっけと思いながら朝食の食パンを齧《かじ》り、今日の予定を考える。

月曜日から始まった穴熊《あなぐま》高校との闘いだが、今のところこちらの被害はゼロだ。鬼丸《おにがわら》や三バカトリオが相手をしたヤンキーたちも多いが、動いているのは三バカトリオよりも弱いヤンキーばかりの印象である。そして木曜から動きが少なくなったとの情報もあるし、きっと今頃俺を潰すための大掛かりな作戦でも立てているんだろう。

つまり奴《やつ》らが本気で動き始めるなら――この土日か、来週の月曜日からか。

今日のうちに、俺も何か準備をしておいたほうがいいかもしれない。

「ねぇアキラ、ちょっとお使い頼まれてくれない？」

ちょうど食パンを食べ終えたタイミングで、母さんに声をかけられた。

「何？」

「お隣に回覧板持って行って、ついでにポストに手紙を出してきてくれない？　回覧板はお隣さんちの郵便受けに入れてくれればいいから」

「分かった」

取《と》り敢《あ》えず今日やることが一つ決まった。

部屋に戻って着替えを済ませると、回覧板と手紙を持って外に出る。

雲に覆《おお》われた、薄暗い空。

そういえば天気予報で、午後から雨だと言っていた気がする。

俺は隣の家の郵便受けに回覧板を入れ、しばらく歩いて郵便ポストを目指した。――誰かの視線を感じながら。

獲物を狙うような殺意がこもった視線だ。十中八九、穴熊のヤンキーだろう。恐らく、一人じゃない。もっといる。

しかし俺は何も気づいていない振りをして、郵便ポストに向かった。

——家の前で喧嘩《けんか》になると、母さんに心配をかける。それは避けたいな。

郵便ポストに手紙を投函《とうかん》し終えると、家とは別の方向に向かった。さも最初からこちらに用があって歩いているように、自然な動きを装って。

そのまま歩き続けて、普段あまり人の来ない裏路地に入った。

ここは戸建ての古い市営住宅が立ち並ぶエリアだが、すべて取り壊して新しい住宅を建てる計画が進んでいて、今この辺りに住んでいる人はいない。取り壊し工事を待つトタン屋根の家屋が寂し気に佇《たたず》んでいるだけ。——獲物を狙うにはもってこいの場所だ。

「——臼井《うすい》アキラ！　覚悟ォ!!」

大声と共に、四方八方からヤンキーたちが突撃して来た。

——予想通り、来たな。

複数人を相手にする時は、止まっていると不利になる。囲まれる前に、こちらから動いたほうがいい。

俺は迷わずくるりとターン。後方から走ってきたヤンキーに向かって駆ける。

「へ？」

いきなり俺のターゲットにされたヤンキーが怯《ひる》む。

寄《よ》って集《たか》って叩《たた》こうと思っている奴《やつ》らには、一対一でやりあう覚悟がない奴も含まれていることが多い。大抵そういう奴は、自分が狙われにくい背後を取ろうとする。

だからこっちから向かっていくと、ビビッて何もできない。

「うぎゃっ」

「おぶっ」

ビビッて隙だらけだったヤンキーの腕を掴《つか》んでぶん回すと、隣にいたヤンキーに当たって二人まとめて倒れた。起き上がられると面倒なので、むこうずねを踏みつけて地面に転がっていてもらう。続けて横から掴みかかってきた男に、まわし肘打ち。顎の側面を素早く打つと、あっけなく倒れた。そのまま体を捻《ひね》って、次に襲い掛かってきたヤンキーに回し蹴りを繰り出す。しかし勢いが足りず、脚を掴まれた。

「臼井アキラ！　捕まえとぅおわぁぁ!!」

掴まれた脚を自分に引きつけるように曲げて相手のほうに飛び出し、鼻に拳を打ち込む。ガツンと拳がクリーンヒットして、また一人倒れた。

「くそぉ!!　くらえぇ!!」

ガタイのいいヤンキーがパンチしてきたが、動きをよく見て相手の手首を自分の手首でブロック。パンチの腕を振り払ったらヤンキーの頭部を掴み、腹に膝を突き上げる。バランスが崩れたところで蹴り飛ばすと、その後ろにいたヤンキーも一緒に倒れた。

十人くらいで集まり、一気に俺に襲い掛かかれば俺を止められると思ったのだろうか。甘い……というのが正直な感想だ。こっちはその筋のプロっぽい黒服集団とも闘ったことがあるし、ヤンキーの喧嘩《けんか》レベルじゃ正直痛くも痒《かゆ》くも――。

――バシュッ！

「え？」

ここであまりに予想外の攻撃が飛んで来た。ネットランチャーだ。

以前テレビで、住宅街に迷い込んだ鹿を捕縛するのにこんなネットを使っているのを観《み》たなと思い出す。いや、俺は鹿じゃない……なんてツッコミを聞いてくれる人は誰もいない。ネットは俺の体にまとわりつき、簡単には払えない。被《かぶ》さってきたネットを振《ふ》り解《ほど》こうとしていると、人影が動く。素早い動きでネットごと俺に縄をかけ、あっという間にぐるぐると縛り上げられた。

見事な連係プレーで、対応できなかった。ネットに絡まったまま縛られれば、身動きが取れない。

「臼井《うすい》アキラ、確保じゃあ!!」

俺を捕まえて嬉《うれ》しそうな穴熊《あなぐま》ヤンキーたち。どいつもこいつも、俺を見てニヤニヤしている。

「気分はどうだ？」

一人の男が、俺を蹴り飛ばす。

ガードもできなければ、受け身も取れない。地面に倒れると、耳の辺りがアスファルトで擦れてザリッという嫌な音がした。遅れて、ズキズキした痛みを感じる。

「……ネットランチャーは安くなかったと思うけど、タイガにお小遣いでも貰《もら》ったの？」

俺が煽《あお》ると男はガハハと笑って、地面に転がる俺を踏みつけた。

「ぐっ……」

「貰ってねーよ。だが、お前を倒せば、たんまり金銭的援助してもらえるからな。このくらいの先行出費、すぐに取り戻せるぜ」

ガンガン踏みつけられる。身を固くし、体をよじって内臓を庇《かば》うしかない。

——この状況は、マズイな……どうする……？

まずは縄を解かないと、ネットから脱出できない。しかしネットが絡まって、縄を解けない。

「おいおい。こんなものかよ、臼井アキラ？」

他のヤンキーたちの靴と、小石を踏むようなジャリッという音が近づいてくる。

さっきよりまた少し暗くなった空に、俺を囲む薄汚い笑みがいくつも浮かんで見えた。

◇

土曜日の午前中、私は自分の部屋で数学の予習と復習をしていた。

高校二年生の秋になったし、そろそろ目標とする進路は決めたいところだ。

前にアキラくんから看護師に向いてそうと言われて、看護医療系の学校に興味が出てきたんだけど、家から通える国公立の看護大学にはちょっと偏差値が足りない。私立の看護大学は、学費が高くて悩む。自宅から一番近い看護専門学校の入試科目は、国語と数学のみだし、推薦入試も受けられそうなんだよね……。

——苦手な数学を克服できたら、国立の看護大学も目指せるかな……。

最近、以前より数学の苦手意識が減った。アキラくんは数学が得意だから、分からないところをすぐに質問できる。アキラくんに教えてもらったら、もっと学力向上を狙えるかもしれない。いろいろ落ち着いたら、休日も一緒に勉強しようって誘ってみようかな。

——アキラくん、今、何してるかなぁ。

スマホに触れると、パッと画面が点《つ》いた。誰からも連絡は来ていない。

天気もあまり良くないし、アキラくんも家で勉強しているかな。

スマホを机に置いて次の問題に取り掛かろうとすると、コツッという、何かがぶつかるような音が聞こえた。

なんだろう。窓のほうから聞こえた気がする。

耳を澄ませると、もう一度コツッという音がした。何かが窓ガラスに当たる音?

そっと窓辺に近づき、外を見てみる。すると——家の脇の道にレイさんがいて、私の姿を見ると一生懸命手を振った。真剣な表情だ。

私は、すぐさま窓を開けた。

「どうしたんですか？」

「アキラが襲撃されてるんだ！　ネットに捕まって縄でグルグルにされて、手も足も出なくなってる！」

「え……っ！　い、今、下に降りますね！」

取《と》り敢《あ》えずスマホと財布だけ持っていこう。これがあれば、誰か助けを呼べる。

急いで一階に降りて、玄関で靴を履く。家のどこかにいるはずのお母さんに「出かけてくるね」も言えないまま、私は家の外に出た。

「レイさん！」

「ごめん……私、他にアキラの助けを呼べる人を知らなくて……」

「まずはアキラくんのいるところまで案内してくれる？」

「分かった！」

私たちはすぐに駅に向かい、電車に乗って犬沼《いぬぬま》駅を目指した。

レイさんは、青白い顔をしている。アキラくんを心配しているんだろう。私も、アキラくんが心配で胸が苦しい。

お互いに無言で電車に乗っていると、レイさんが小声で話しかけてきた。

「ごめんな……私のせいでこんなことになって……。私は、ただ本当に、アキラと仲良くなりたかっただけだったんだ。でも、甘く見てた。ボスたちがこれほどアキラを敵視すると思わなかったんだ……ごめん」

「……仕方ないよ。レイさんはまだ一年生だから、学校のことで知らないことも多いだろうし。タイガの機嫌がどう転ぶかなんて、誰にも分からないし……」

「それから……この間、意地悪なこと言ってごめん。嫉妬してるんだろ、とか」

ドキッとしてレイさんを見ると、レイさんは暗い表情で下を向いていた。

「嫉妬してたのは、私のほうだったんだよ。アキラと仲のいい彼女さんが、羨ましかったんだ」

「うん……」

なんて返事をすればいいのか分からない。

アキラくんが私のことを好きでいてくれる限り、この子の恋が実ることはないんだ。私の幸せとレイさんの幸せは両立できない。なんだか、とても申し訳ない気持ちになる。

私が困っていると、レイさんがふふっと小さく笑った。

「まぁ私のことは気にしないで。彼女さんが聞いたらビックリするような人生歩んでるから、欲しいものが手に入らないのには慣れてる。それより今は……アキラを助けなきゃ」

欲しいものが手に入らないのには慣れてる……か。

殴られることも蹴られることも受け入れていて、タイガのことすら優しいと言うし、今度は欲しいものが手に入らないのには慣れているときた。

レイさんはいったいどんな人生を歩んできたんだろう。きっと私には想像すらできない人生なんだろうな。

──レイさんにはまだ苦手意識があるけど、ゆっくり話を聞けば、私の中でレイさんの見方が変わったりするのかな……。いやでも、今はそれより、アキラくんを助けに行かないと！

犬沼《いぬぬま》駅に間もなく到着するとのアナウンスが流れ、まだ動いている車内でレイさんが立ち上がる。私も電車が駅に到着したらすぐに電車を降りられるように、ドアの近くに移動した。

ブレーキがかかり、ドアが開く。

「こっちだよ、急ごう！」

「うん！」

レイさんの後について走る。小柄なレイさんは軽やかに駆けていくから、私は遅れないように必死だ。

犬沼駅近辺は、アキラくんの家のほうに向かう道しか行ったことがない。でもレイさんが迷わず向かったのは、アキラくんの自宅とは別の方向。アキラくんはどこで穴熊《あなぐま》ヤンキーたちに絡まれたのだろう。

やがて駅前の賑《にぎ》やかな通りから外れて、古い家屋の立ち並ぶ場所に来た。

何やら揉《も》めているような男性の声が聞こえてくる。アキラくんが穴熊《あなぐま》ヤンキーたちと喧《けん》嘩《か》している声かもしれない。

すると急に、私より数メートル先を走っていたレイさんが立ち止まる。そして何かを見て驚いた顔をした。

私もレイさんの隣に来て同じほうを見ると……。

「――あれ？」

予想外の光景に、思わず声が出た。

古びた家屋の庭のようなスペースに、傷だらけのアキラくんが立っていた。足元には、八人の穴熊ヤンキーが伸びている。

「すげー驚いた……自力で縄解《ほど》いて、倒したのかよ……」

レイさんの声に気づいて、アキラくんが振り向く。そして一瞬遅れて、驚いた顔をした。

「シズカ？　レイ？　なんでここに？」

「アキラくんがピンチだってレイさんが教えに来てくれて、助けを呼ばなきゃいけないかもしれないと思って来たんだけど……」

「先輩たちがアキラを襲撃に行く情報を聞いたから、様子を見に来たんだ。そうしたらか

なりピンチっぽかったから、誰か助けてくれる人を呼ばなきゃと思って、彼女さんのところに行ったんだけど……」

私とレイさんの返事を聞いて、アキラくんが気まずそうに頭を掻《か》いた。

「そっか、ごめん、心配かけて。ネット掛けられて縄で縛られるなんて新しい体験だったから、最初は戸惑ったんだけど、落ち着いて力込めたら普通にネットを引き千切れてさ」

地面のあちこちに、切れたネットの断片や縄が落ちている。

自力で脱出できたようだけど、アキラくんのこめかみの辺りは擦りむけているし、口元も少し腫れているように見えた。体も服も土で汚れているし、あちこちに痛々しい痣《あざ》ができている。少し皮膚が切れて、血が滲《にじ》んでいるところもある。

「その傷……大丈夫？　って、あぁ、慌てて飛び出してきたから、ハンカチもティッシュも持っていないや……」

所持品はスマホと財布だけ。いつも学校に行く時なら絶対に持っているのに、今日に限ってハンカチもティッシュも持っていないなんて……。

「すぐに家に帰れるから、大丈夫だよ」

「その格好で帰ったら、アキラくんのお母さんビックリしそうだね……」

「確かに……。でも仕方ないから、転んだってことにするかな」

転んだと言い訳するには、苦しそうだ。でも、いきなりヤンキー集団に襲撃されたなんて言えないし、確かに仕方ないかな。

「あの……よかったら私の家で傷の手当てをさせてくれないか？　実は私の家って、犬沼《いぬぬま》駅の北側にあるんだよ……」

レイさんが、おずおずと片手を上げた。

「彼女さんも一緒に来てくれていいからさ！　アキラがそんな怪我《けが》したのも元はと言えば私のせいだし、お詫《わ》びも兼ねてダメかな……？　ついでに、穴熊《あなぐま》の最新情報も教えるから！」

アキラくんが私の顔を見る。私の考えを聞きたいみたいだ。

……アキラくんが一人でレイさんの家に行くのは迷わず反対なんだけど、私も一緒に来てくれていいからと言われると迷う。アキラくんの力になりたいと思うレイさんの気持ちは無下にしにくいし、それに穴熊の最新情報には、アキラくんの助けになる有益な情報もあるかもしれないし……。

「せっかくだから……そうしてもらう？　私も一緒に行くよ」

「うん……じゃあ、ちょっと助けてもらおうかな」

レイさんの表情がパァッと明るくなった。

「ありがとう！　じゃあさっそく行こう！」

ウキウキしているレイさんについて、私たちは犬沼駅の北側に向かった。

犬沼《いぬぬま》駅の北側は背の高いビルやマンションが多くて、商店街や住宅街の広がる南側とは全然雰囲気が違う。赤髪のヤンキー女子と怪我《けが》だらけのアキラくん、そして私の三人で一緒に歩いていると、通りすがりのサラリーマンがじろじろ見てきた。

「こっちだよ。ほら、このビル」

レイさんが入ったのは、鉛色の大きなビルだった。外壁には看板が一つもついてなくて、何のビルなのか全然分からない。

自動ドアから入った先は薄暗いエントランスで、突き当りにエレベーターがあった。管理室の小窓のカーテンは閉まっていて、向こう側に人のいる気配がしない。

「このビルに、レイさんの家があるの？」

「私の家は、ここの最上階だよ」

レイさんがボタンを押し、到着したエレベーターに乗り込んだ。

私とアキラくんも一緒に乗る。

「ビルの最上階に家があるなんてすごいね……」

エレベーターボタンは、九階まである。レイさんが押したボタンも九階だ。

「私のお母さん、今、どっかの大企業の社長の愛人やってるからさ。このビルも、その社長からのプレゼントってやつ。まぁおかげで最上階以外なんも使ってないけどね」

どっかの大企業の社長の愛人というパワーワードに固まっていると、レイさんは私を見てニコッと笑った。

「どうしたの？　別にそんなに珍しい話でもないでしょ？」

レイさんと私の見てきた世界がだいぶ違うのは、もう分かっている。

家庭環境が違い過ぎて、私たちがお互いに常識だと思っていることは、おおよそがお互いの非常識だ。この話にはこれ以上触れないほうがいいなと思って、曖昧に笑って見せた。

間もなくエレベーターは、九階に到着する……。

――ポーン。

エレベーターが停止し、気持ちのいい電子音が響いてドアが開いた。

降りたところに小さな空間があり、その先に玄関ドアらしきものがある。

「お待たせ。長く歩かせちゃってごめん。入ろうか」

レイさんがカードキーでドアを開け、電気を点《つ》けた。

玄関から伸びる細い廊下の先に、天井の高い部屋が見える。あそこがリビングみたいだ。

靴を脱いで、レイさんの家に上がる。

そして廊下の先、リビングを目指して歩き始めたその時――バツンと電気が消えた。

◆

「停電……？　ごめん、ブレーカーまで行くから、二人も気をつけて進んで」

俺の横でレイが動く気配がした。

室内は真っ暗だ。窓からうっすら入る光もない。

いきなり停電したから、目が慣れず視界が悪い。

「わっ」

暗闇でシズカの声がする。

「シズカ、大丈夫？」

「ごめん、ちょっと躓《つまず》いて転んじゃって――」

シズカがいると思った辺りに手を伸ばしてみたが、何も触れない。

忽然《こつぜん》と消えたような気がして、スッと寒気がした。

「シズカ――？」

「――きゃあ!!」

今度はレイの悲鳴。

「レイ？　どうした？」

シズカの気配が消え、レイが悲鳴を上げた。

暗くて何も見えないが、この部屋で何かが起きているのは明らかだ。

とにかくシズカを見つけないと。

暗闇に手を伸ばし、探りながら歩き出すと――横から殺気を感じた。

避《よ》けられない――。

――ガツンッ。

ガードしようと構えた腕を、固くて冷たいもので殴られた。腕が激痛で痺《しび》れる。

続けて横腹に重い衝撃。そこに攻撃が来るのは予想できず、バランスを崩して床に転がった。

うつ伏せの状態からすぐに起き上がろうとすると、腰のあたりにズドンと何かが伸《の》し掛かってきた。横に転がって逃れようとするが、何か冷たいものが喉元に当てられ、顎をグッと引き上げられる。

うつ伏せのまま無理やり顎を上げられ、仰《の》け反《ぞ》ったキツイ体勢を強いられた。抵抗すると、鉄の棒のようなものに手が触れたが、押しのけようとしても退《ど》かせない。

苦しい。でもそれどころじゃない。

シズカはどうしたんだ？　シズカは無事なのか？

「シズカ……！」

呼びかけるが、返事がない。

「そこを、退け……っ！」

身動きが取れない。俺が起き上がれないように、的確に体を押さえられている。

俺の上から、くくくっと低い笑い声が返ってきた。この笑い声、聞き覚えがある。

——こいつ……タイガか⁉

「シズカ……！　シズカ……‼」

返ってくる声がない。

——シズカはどうなっている？　ここにいるのはタイガだけなのか？　それとも他に穴《あな》熊《ぐま》ヤンキーたちが待ち伏せしていたのか？　シズカは……シズカはどこだ⁉

シズカに何かあったなら、今すぐ助けに行きたい。なのに、こいつのせいで動けない。

不安で心が凍《い》てつく。怒りで体が熱い。

「離せ……っ！」

ギリギリと抵抗していた時、「きゃっ」という短い悲鳴と室内にドボーンという大きな水音が聞こえた。

何の音だ。家の中で聞くような音じゃない。まるで、プールに飛び込んだ時のような音だ。誰かが咳《せ》き込《こ》んでいる。いや、誰かじゃない。これはきっと——。

「——最初の準備は整ったようだな」

——最初の準備だと？　何の準備だ⁉

そう問おうとした瞬間、部屋の電気が点《つ》いた。

視界が開けて、部屋の内部が見えるようになる。

床に押さえつけられた俺の目に真っ先に飛び込んできたのは、大きな水槽だった。

一辺が三メートルほどありそうな、大きな立方体の水槽。水槽の縁から床まで斜めに板が渡されており、その板には上れそうな段まである。——その水槽の中で、シズカがガラスに手を突きながら咳き込んでいた。シズカは腰のあたりまで水に浸《つ》かっている。先程の水音は、シズカがあの中に放り込まれた音だったんだ。それが分かって、血の気が引いた。

「シズ——っ!!」

名前を呼ぼうとした瞬間、勢いをつけて棒を引き上げられた。

喉が潰れそうになって、息が詰まる。

「黙ってろよ。まだ最初の準備しか終わってねーんだから。さぁバクヤ、次の準備だ」

「了解」

どこからか、バクヤの返事が聞こえた。

「ほらよく見てろ、臼井《うすい》アキラ。これから何が起こるか、ワクワクしてこないか？」

上から俺の顔を覗《のぞ》き込《こ》んできたのは、やはりタイガだった。

タイガに押さえつけられている俺の横を、バクヤがレイを引きずりながら歩いていく。

レイは気絶しているのか、ぐったりしていて、バクヤに引きずられるままだ。

バクヤは俺のやや前方まで来るとレイを床に置き、シズカが入った水槽にスイッチのようなものを向けた。

バチッと音がし、水槽の縁から床に斜めに渡されていた板が外れて床に落ちる。

さらに天井から、奇妙な機械が下りてきた。どう見ても一般家庭の天井に設置されているようなものじゃない。そもそもなんでレイの部屋に、こんな変な水槽があるんだ。

その間も奇妙な機械は水槽に近づき、水槽の上にガチャンと嵌《は》まる。

ブオオオンという耳障りな機械音。さらにドプドプと奇妙な音がして、水槽の天井部から水が激しく注がれ始めた。

「嘘《うそ》……！　な、何？」

「シズカ!!」

水に打たれて青ざめるシズカを見て、スイッチを押したバクヤがハハッと笑った。

「なかなかできない体験だろ？　思《おも》う存分楽しんでくれよ」

「ここ、レイさんの家なんでしょ？　なんであなた達がいるの!?　なんでレイさんの家にこんな変な水槽があるのよ!?」

「今日は相当気合の入った奴《やつ》らが臼井《うすい》アキラの襲撃計画を立てていたから、倒せなくても多少はダメージを与えられると予測。襲撃計画のことはレイも聞くだろうから、おそらく助けに動くと思った。オレらはレイのことをよく分かっているから、その後レイが臼井アキラにお詫《わ》びをしようと自宅に誘うことも予想できた。だからここで、この水槽を用意して待っていたってわけ。臼井アキラを投げ入れるか、レイを投げ入れるか迷ってたんだけど、一番いい魚がいたから思わず放り込んじゃったよ」

「わざわざあなた達がこの水槽も用意したの……？」

「うん、知ってる？　お金があると、何でもできるんだよ」

何が楽しいのかニコニコしているバクヤの横面を、今すぐ殴ってやりたかった。が、俺はまだタイガの下から動けない。

水が降り出す前の段階で、シズカは既に腰ほどまで水に浸《つ》かっている。この勢いで水が容赦なく降り注げば……シズカが溺れてしまうかもしれない。

――焦るな。まだ水槽には余裕がある。冷静になれ。

早く助けないと、と気が急《せ》く。でも、焦っても状況を悪化させるだけだ。

……まずは状況を確認。

ここはビルの最上階にあるレイの自宅。天井の高い、広い部屋だ。ビルのワンフロア全体がレイの自宅のようだが、部屋を仕切る壁はなく、オフィスのような広い空間に所々家具が置いてある。その部屋の中に堂々と置かれた、大きな水槽。上に設置された謎の機械から水が出ている。謎の機械の上にはホースが伸びていて、天井に続いている。屋上に貯水タンクか何かがあって、その水を水槽に注いでいるのかもしれない。

この部屋にいるのはタイガとバクヤ。シズカは水槽の中。レイは気絶している。

何よりやらなきゃいけないのは、水槽の水がいっぱいになる前に、シズカを水槽から脱出させること。脱出させるまでに時間がかかるなら、先に水を止めてもいい。

頭の中で考えるのは簡単だ。バクヤのスイッチを奪い、水を止める。天井に伸びているホースを壊して、水が水槽に入らないようにする。水槽の上に乗った謎の機械を壊す。水槽を叩《たた》き割《わ》る。

いくつも手は浮かぶが、どれも今すぐ行動に移せるものじゃなかった。

上から押さえつけるタイガを退《ど》かさないことには、俺は動けない。

「なんで……こんなことをする……？」

タイガに問いかけると、タイガがまた俺を上から覗《のぞ》き込《こ》んできた。

「臼井《うすい》アキラ。お前を潰すと言ったはずだ。しかし、潰すと言っても方法はいろいろあるな。二度と表に出られないように身体機能を壊すとか、死んだほうがマシだと思うように心を壊すとかな。……結局どうしてやろうか俺も迷ってたんだが、一番いい展開に決まったぞ。——この女が目の前で溺れ死ぬ様でも見れば、きっとお前の世界は終わるだろう？」

視界がカッと赤く染まって、脳がぐらりと揺れた気がした。

瞬時に膨れ上がった怒りが全身を駆け巡り、心臓が爆発しそうになった。

血がドクドクしていて、体が震える。抱えきれない怒りで自分の体がまず壊れそうだ。

「シズカを……殺す気か……？」

「あぁ、それで目的は達成されそうだしな。お前がそこの女を大事に大事に想《おも》っていることとは、黒松《くろまつ》の騒動の時から知ってんだ。夏休みや、九月に入ってからの様子も見させてもらったが、相当惚《ほ》れ込《こ》んでるよなぁ……。なぁ、今、どんな気持ちだ？　身を引き裂かれるような気持ちか？　心臓を捻《ひね》り潰されるような気持ちか？　教えてくれよ」

金をかけてこんな大掛かりな装置まで用意して、俺を潰すためにシズカを殺す？

正気の沙汰じゃない。

目的を達成するためなら、手段を選ばないというのか。

「彼女には手を出さないんじゃなかったのか⁉」

「……俺は女を人質に取ってどうこうするような趣味はないんだがな……」

俺は何か勘違いしていたのかもしれない。

雅狼《がろう》タイガは、黒松のように暴力に快楽を見出《みいだ》すような外道ではないと思っていた。

しかし実際は、タイガのほうが恐ろしい奴《やつ》なのかもしれない。目的達成のために、金をかけてこんな殺人装置を用意できる。しかもシズカの苦しむ様子を俺に見せることで、俺を壊そうとする。こんな残忍な人間がいるなんて……。

――その時、レイが呻《うめ》く声がした。

「……うぅ。タイガ……様、バクヤ様……？」

「おう？　ようやく目が覚めたか？　レイ」

「タイガ様……これは一体……どういうことですか……？」

「どうもこうもないぜ。お前が寝ている間に祭りは始まっちまったぞ」

レイが目を覚まし、俺の上からタイガが返事をする。

「私の家に勝手に入って、こんな水槽まで用意して、いくらタイガ様でもやりすぎです……！」

「くくく……やりすぎか」

「もうこれ以上、アキラにヒドイことしないでください!!」

こっちに向かって来ようとしたレイの腕を、近くにいたバクヤが掴《つか》む。

そしてレイを床に向かって突き飛ばした。

「あっ!!」

「兄貴の邪魔をするな、レイ」

「そうだ、レイ。お前もそこで大人しく、臼井《うすい》アキラの彼女が溺れるところを鑑賞していろ」

レイの力では、タイガやバクヤに敵《かな》わない。シズカを助けられるのは、俺しかいない。

鉄の棒を掴んで引き剥《ひ は》がそうとすると、焦りで手が滑った。

「ほらほら暴れるな。もっとじっくりショーを楽しめよ。お前の彼女、ずぶ濡《ぬ》れの子猫みたいでかわいいだろ？　これからもっと水が増えて足がつかなくなったら、どんな泳ぎを見せてくれるのか、お前もドキドキしちゃうだろ？」

「退《ど》け……！」

「おいおい、必死過ぎて見苦しいぞ。あまりに無様だから、お前の彼女が心配そうにこっち見てるじゃないか」

ハッとしてシズカを見ると、水に打たれながらシズカが俺のことを心配そうに見ていた。

先程より、水が増えている……。

「そんなに彼女の溺れていく姿を見たくないのか？　見ていられないって言うなら——お前が先に死ぬか？」

耳元で囁《ささや》かれた言葉に、一瞬、頭の中が白くなった。

獰猛《どうもう》に自分の中で暴れまわっていた怒りが、一点に集中する。

すべて合わさって強大になったエネルギーが、身動きを封じられた体を突き動かした。

鉄の棒を掴んだタイガの右手首を握って、外側に捻《ひね》り上げる。タイガの手が緩んだ瞬間、左手で鉄の棒を喉元から引き離し、向きを変えて背後に向かって突く。

背中に跨《また》がったタイガがバランスを崩した。

すぐに体を回転させ、タイガの下から脱出しようとする——が、タイガが覆《おお》い被《かぶ》さってくる。

仰向《あおむ》けになった俺は、上から押さえ込もうとするタイガを蹴り上げた。

「がは——ッ!!」

「――俺とシズカの生き死にを……お前に決められる筋合いはない」

タイガが床に倒れる。

俺はすぐに立ち上がって、シズカのいる水槽に駆け寄ろうとした。

「アキラくん!! 危ない!!」

シズカの悲鳴に似た叫び。

――ナイフを構えたバクヤが、突進してくる。

咄嗟《とっさ》に片足を軸に体の向きを変え、屈《かが》む。ナイフの軌道を躱《かわ》すと、バクヤの腕を掴《つか》み、足を払って床に引き倒す。ナイフが床に落ちて、回転しながら滑っていった。

「これで勝ったと思うなよ!!」

タイガがナイフを掴み、振りかざす。

避《よ》けようとしたが、床を這《は》うバクヤが服を掴んで引っ張ってきた。

「ナメんなよ!! パシられ陰キャ!!」

行動範囲が狭まる。避けきれるか――。

「やめてください!!」

叫びながら、タイガ目掛けてレイが走ってきた。その手には、さっきまで俺の顎下に当てられていた鉄の棒が――。

「レイは引っ込んでろ!!」

タイガはナイフを持っていた手で、突撃してきたレイを払いのけた。タイガの手はレイの顔に当たり、小柄なレイはそれだけで弾《はじ》き飛《と》ばされる。

――今のうちに！

バクヤの手を振り払い、鳩尾《みぞおち》を打つ。

バクヤが体を丸めるようにして呻《うめ》いた。その時、バクヤのズボンのポケットにスイッチが入っているのに気づき、迷わず奪う。

「シズカ！」

「アキラくん！」

ようやく水槽に辿《たど》り着《つ》いた。水槽のガラス越しに、シズカと手が合う。

「怪我《けが》はない？」

「うん、水槽に落とされた時に、ちょっと手首を捻《ひね》ったくらい。他は、大丈夫。アキラくんは、大丈夫？」

「俺も大丈夫。すぐに助けるから、早くこのビルから出よう」

バクヤが持っていたスイッチのボタンを押してみる。でも、どのボタンも反応しない。

――まさか、水を止めるスイッチは別にあるのか。

このスイッチが使えないのなら、水を止めるのは難しいかもしれない。ならば、水槽を割ってシズカを助けるしかないか……？

「……」

「シズカ?」

「──ねぇ、アキラくん。なんだか…………様子が…………?」

「え?」

シズカが何かを見て戸惑った顔をしている。

シズカの視線の先には……青い顔をしたタイガがいた。

様子がおかしい。先程までとは打って変わって、怯《おび》えた表情だ。

そのタイガの視線の先には、さっきタイガに払いのけられたレイがいる。

レイは床に膝を突いて、自分の赤い髪を手に取って見つめていた。タイガがレイを払いのけた時に切れてしまったのか、手に持った部分が他より短くなっている。

──しかしなぜ、タイガが怯える?

タイガだけじゃない。バクヤの様子もおかしい。腹が痛くて起き上がれないようだが、視線をしっかりとレイに向けて、こちらも青い顔をしている。

「タイガ……おまえ、私の髪を切ったな……?」

そして──レイのまとう空気が変わった。

今日も陰から兄貴を守ってやったぜ!
シズハー
褒めてくれー
わしわし
ジョウはとてもイイコですね
褒美はさ…
キス…ですか
キスがいいんだけど…
いいですよ
ご要望のキスを天ぷらにさせましたの!
たくさんお召しあがりになって♡
なんとなくそんな気はしてた…
魚《キス》はもうお腹いっぱいな件

第四章　パシられ陰キャを、守った件

◇

――私たちがレイさんの自宅と言われた場所に着いてから、今の今まで驚くことばかり起きている。

突然停電し、私は誰かに口を塞がれた。暗闇の中抵抗もできず、どこかに無理矢理《むりやり》連れていかれた挙句、水の中に落とされた。暗くて何がなんだか分からなくて、水を飲んで咽《むせ》ちゃうし、何かの拍子に捻《ひね》った手首がズキズキと痛んだ。

部屋がようやく明るくなったかと思えば、アキラくんを取り押さえているタイガと、気絶したレイさんを引きずるバクヤがいた。

そして謎の装置が天井から降りてきて、水槽の上部を塞ぎ、水が注がれ始めた。

……危険な状況だ。このままどんどん水を入れられたら、私は溺れる。

水槽内をあちこち探ってみたけど、水槽は頑丈だし、私が叩《たた》いたくらいじゃ壊れそうにない。上から出るしか道はなさそうだけど、上にある装置はどうやって退《ど》かせばいいの？

そうこうしているうちに、アキラくんが近くに来てくれた。しかしそこで――いきなりレイさんの様子が変わった。

「――私は、おまえたちに言ったよ。目的を達成するため、私を殴れ、蹴れと。そこに容赦は要らないとも言った。でも…………髪だけはやめろって言ったよな？」

レイさんの底なし沼のごとく暗い目に見つめられたタイガは、震えながら床に膝を突く。

そして手を突き、額も突いた。

「ごめ……ごめんなさい……本当に、ごめんなさい……」

何が起きたのか分からない。

穴熊《あなぐま》を牛耳る雅狼《がろう》タイガが、一番下っ端であるはずのレイさんに土下座している。

「――お父さんがいつもいい手触りで綺麗《きれい》だって褒めてくれる私の髪を、切ったな？」

レイさんが立ち上がり、ツカツカとタイガに歩み寄る。

すごく怒っている。見ているだけで怖くて、私まで緊張してしまう。

「ごめんなさいごめんなさい」

床に額を擦《こす》りつけたまま、タイガが何度も謝る。

王様のように威張っていたタイガが、身を縮めて精一杯謝罪していた。

しかしそんなタイガの頭を、レイさんが容赦なく踏みつけた。

「お父さんが、気に入っている、私の、髪を、おまえは、勝手に、切ったな!?」

言葉を切る度、踏みつける。

それでもタイガは「ごめんなさいごめんなさい」と必死に謝っていた。

「おまえは私の道具だろう？　私の言うことは絶対だよな？　私が『パシれ』と言ったら、おまえは私をパシらなきゃいけない。私が『殴れ』と言ったら殴らなきゃいけない。でも、私は『何があっても髪を切るな』って言ったよな？　なんで言うこと聞かないんだ？　なんで言うこと聞けないんだ？」

レイさんがタイガの前でしゃがみ、髪を乱暴に掴《つか》んで顔を上げさせた。

タイガの額からは、血が流れている。

「ごめん……なさい……」

タイガは言い訳もせず、ただ謝る。それ以外の言葉を言えないみたいに。

——私たちの前で、突然タイガとレイさんの関係性が逆転していた。

タイガはレイさんの道具？

レイさんが『パシれ』と言ったら、タイガはレイさんをパシらなきゃいけない？

レイさんが『殴れ』と言ったら、タイガはレイさんを殴らなきゃいけない？

理解が追い付かない。

「どういうこと……？　本当はレイさんがボスで、アキラくんを潰そうとしているのはレイさんってこと……？」

今のレイさんとタイガの関係が真実だとしたら……私もアキラくんも、とんでもない勘違いをしていたことになる。今まで見てきたすべての見え方が変わってくる。

アキラくんも険しい顔をして、じっとタイガたちの様子を窺《うかが》っていた。

「……取り込み中みたいだし、今のうちに水槽から出よう。ガラスを割るから、少し離れていて」

「あ、うん……」

そうだ。今は何より、この水槽から出るのが先決だ。

私がガラスから離れると、アキラくんがガラスを殴りつけた。

すごく強く殴ったように見えたけど、ガラスは割れない。

何度殴っても、ビクともしない。

アキラくんの手のほうがダメージを受けているみたいで、赤くなっていく。

「アキラくん、手が……」

「……クソッ。割れないか……」

アキラくんが思いっきり蹴っても、水槽は割れない。

「無駄だよ。人の力で割れるガラスで水槽を作るはずないだろ?」

そう言ったのは、土下座したタイガの背中に腰かけたレイさんだった。

何を考えているのか分からない、静かで不気味な顔をしている。

ぶるっと体が震えたのは、水の中にいるせいだけじゃない。

この人は私が死んでも、何とも思わないんだろうなと感じて、ゾッとした。

「……あ、バクヤの持ってたスイッチは押してみたんだ？　何も反応しなかっただろ？　残念だったな。おまえの手の届くような場所に水を止めるスイッチは置かないよ」

「レイ……お前が本当に、今の穴熊《あなぐま》の真のボスなのか……？」

アキラくんが念を押すように聞くと、レイさんはつまらなそうに溜《た》め息《いき》をついた。

「あーあ……こんなところでネタバレする予定じゃなかったんだけど。どっかのアホのせいで計画が台無しだよ。なぁ？」

「ごめんなさい……」とタイガが謝った。

レイさんは否定しなかった。

頭がくらくらしてきた。考えても考えても理由が分からない。

どうしてレイさんがアキラくんを潰さなきゃいけないのか、分からない。

この疑問を解消するには、もう本人に聞くしかない……。

「レイさん、あなたとアキラくんが会ったのは、夏休みが初めてなんじゃないの？」

「うん、そうだよ。初対面の印象って大事だからさ、最高の出会いになるように考えたんだ。千天寺《せんてんじ》のお嬢様なんて派手なコブが付いてるから、行動予定を知るのは簡単だったし、計画を立てるのは思ったよりラクで助かったよ」

「夏休み前から、あなたたちの計画は始まっていたってこと……？」

「まぁね」

「夏休み中、砂浜でタイガがレイさんに怒っていたのは、レイさんが指示したことだったんだね……？」

「うん。理由は何でもいいから、おまえたちの前で私をボコるように指示していたんだ。私がタイガに怒られていたら、きっとおまえが私を心配してお節介焼くと思ったからさ。大正解だっただろ？」

「わ、わたしにお節介焼かせて、それでどうしたかったの……？」

「私のことを、可哀想《かわいそう》なパシられヤンキーだって思ってもらいたかったんだ。そのほうが計画の遂行のために、都合が良かったから」

「計画って……アキラくんを潰す計画のこと……？」

「そうだよ。私の目的は最初からただ一つ。臼井《うすい》アキラを潰すこと。私をパシられている可哀想なヤンキーだと思わせて油断させ、まずはおまえたちの仲をこじらせて引き裂いてやろうと思った。けど、これは上手《うま》くいかなかった。彼女さんを嫉妬させるまでは計画通りだったんだけど、残念なことにおまえたちの想《おも》い合う気持ちは強かった。だから次はタイガに指示して、その想い合う気持ちを利用して別れさせようとした。でもこれも上手くいかなかった」

　レイさんがアキラくんにまとわりついて、私を嫉妬させたのは意図的なもの。私が嫉妬して、アキラくんが私に嫌気がさして、喧嘩《けんか》して別れると目論《もくろ》んでいたなんて……恐ろしい。その後タイガが派手な宣戦布告をしたのも、私に危害が及ぶことを心配したアキラくんが私に別れを切り出すのを狙っていたんだ……。

「……今日、アキラくんがピンチだって私を呼びに来たのも、最初からここに誘導して私を水槽に閉じ込めるつもりだったんだね……？」

「その通りだよ。二人の仲を引き裂くのは難しそうだったから、今度はその絆《きずな》の強さを利用させてもらおうと思ったんだ。この世で何より悲しいのは、愛する人との永遠の別れだろ？　もう気づいていると思うけど、このビルは私の自宅じゃない。この計画のために用意した、特別な部屋なんだ。なのに、疑いもせずほいほいついてきちゃうんだもん。ここに誘導するための嘘《うそ》ならいくつも考えていたのに、必要なかったな」

すごくショックだった。どうして見抜けなかったんだろう。

砂浜で怒られていたレイさんも、夏休み明けに会いに来たレイさんも、責任を感じてアキラくんの力になろうとしていたレイさんも、全部、嘘。私たちを騙《だま》すための演技だった。タイガとバクヤは、レイさんの演技に合わせていただけ。

そうだ。よく考えれば今日は最初からおかしかったんだ。レイさんが私の家の場所を知っているのだって不自然だったのに、どうして違和感に気づかなかったんだろう。

この家も嘘。自分の計画通りなのに、『私の家に勝手に入って、こんな水槽まで用意して、いくらタイガ様でもやりすぎです……！』と大熱演していたなんて……。

うっかりタイガがレイさんの髪を切って、レイさんが怒りで本性を現さなければ、私たちはまだレイさんの演技に気づいていなかった……。

――私たちはここに来るまでずっと、レイさんの手の上で踊らされていた。

うつむくと、もう水面が胸の高さまで上がってきているのが分かった。体が重い……。

「シズカ、必ずそこから出してあげるから、しっかりして」

「あ、うん……」

アキラくんが私を見て辛《つら》そうな顔をする。

ダメだ、これ以上心配かけたくない。しっかりしないと。

……そう思うのに、レイさんのことがショックで弱気になる。

水は止まらないし、ガラスは割れない。このまま私は溺れてしまうのかな。

突然、アキラくんが近くにあった椅子を掴《つか》み、水槽に叩《たた》きつけた。

ガッという音がしたが、やはり水槽はビクともしない。

代わりに木製だった椅子が砕けた。

「ごめんよ、アキラ。さっきタイガは『俺は女を人質に取ってどうこうするような趣味はないんだがな』と言ったよな？　そうなんだよ……タイガには彼女さんを巻き込んでどうこうする趣味はないんだよ。これは私の趣味なんだ。ごめんなぁ」

レイさんがクスクス笑う。

「レイ、お前は一体何者なんだ!?　どうして俺を潰したいんだ!?」

　アキラくんに聞かれ、レイさんがタイガの背中からおもむろに立ち上がった。

「──私は銀堂《ぎんどう》レイ。お前を潰す理由は、お父さんがおまえを排除しろと言ったからだ」

「お父さん、だと？」

「そうだよ。私のお父さんがそれを望んでいるんだ。私は親孝行な娘だから、お父さんの役に立ちたい。お父さんが臼井《うすい》アキラを潰すことを望むから、私はお前を潰すんだ」

　アキラくんが眉をひそめた。

「雅狼《がろう》を従わせる銀堂と言えば、日本でも名高い富豪である銀堂家しか思い浮かばないんだけど、その銀堂なのか？」

「そうだよ。その銀堂で間違いない。雅狼家は銀堂家の召使い一族なんだ。良く知っていたな」

「人に聞いたことがある」

「ふーん。情報源は想像できるけどね。雅狼はその昔、没落の危機に陥ったが、銀堂の援助を得て再建した。それ以来、雅狼は銀堂に尽くすようになった。よって雅狼にとって銀堂の命令は絶対。そしてタイガとバクヤは、私が自由に使っていいことになっている」

「俺はレイの父親と面識がない。銀堂と関わったこともない。なのに、どうして狙われなきゃいけない？」

「知らないよ。私はお父さんが潰せと言ったから潰すだけだ。理由なんて興味ない。殺せと言われたら殺すんだけど、潰せと言われたから考えたんだ。きっとお父さんはただ殺したいんじゃない。生きながらにして辛《つら》くて苦しい目に遭わせろって言ってるんだと思った。だから私は臼井アキラ……おまえを死んだほうがマシだと思うくらい、追いつめたい」

『お父さん』と、レイさんは何度も何度も口にする。

理由も聞かず、ただお父さんの指示に従う。その指示が、人を傷つけることでも。

人としての理性とか常識だとかを超えて、お父さんを信じているみたいに聞こえた。

「彼女さん、助けてほしい？」

レイさんがスッとアキラくんに近寄り、妙に艶《つや》っぽい表情をした。

アキラくんは険しい表情でレイさんを見下ろしている。

「……条件は何だ？」

「ふふっ。条件があると分かってるなんて、察しがいいなぁ」

レイさんは妖しく微笑《ほほえ》みながら、人差し指で自分の唇をなぞった。

「おまえが私にキスするなら、水を止めてやる。ここで私を抱いて満足させてくれたら、女を出してやるよ」

——なにその条件……。

アキラくんとレイさんがキスするのを想像しただけで、心がひび割れそうなくらい痛い。

カッとなって、思わず叫んだ。

「キスとか、だ、抱くとか……それが私を助ける条件なら、助けてもらわなくていい！」

「おやおや。彼女さんはあぁ言ってるけど、アキラはどうしたい？　取り敢《とあ》えず悩んでいる間も水かさが増えて心配だろう？　一回キスしてくれれば、まずは水を止めよう」

レイさんがアキラくんに顔を近づける。

アキラくんは動かない。

私を助けるために、レイさんとキスするつもりなのだろうか。

私を助けるため……私を助けるためだとしても、イヤだ……。

「アキラくん、私はっ……ゲホゲホ」

「シズカ！」

慌てたら水の中で転びそうになってしまった。

うっかり水を飲んでしまって、気管が痛い。

何度も咽《む》せていると、急に上から体を押されて、また顔から水に突っ込みそうになった。

――ドドドドドッ。

「シズカ、大丈夫!?」

いきなり上から落ちてくる水の勢いが増した。まるで滝だ。

水かさの増えるスピードも増して、上と下から水に挟まれて潰されそうになる。

呼吸もしにくい。

アキラくんが私に向かって叫んでいる声も、ちょっと聞き取りにくくなった。

「わぁ大変だ。水の入るペースが上がったみたいだぜ？　そういえば水の注入から一定時間過ぎると、注入量が増えるように設定してたんだっけ！　早く決断しないと彼女さんが溺れちゃうね！　オススメは、まず彼女さんの前でキスをして水を止めて、ずぶ濡《ぬ》れの彼女さんの前で私を抱くんだ！　この二つをこなすと、なんと彼女さんは元気にお家《うち》に帰れる！」

「そんなの……絶対にっ、ダメっ!!　レイさんはそうやって、私とアキラくんの関係を壊したいだけでしょ!?」

「え？　何？　水の音で聞こえないなー？」

「聞こえてるんでしょ!?　ゴホッ」

水が増えたら泳げばいいと思っていたけど、上からこんな勢いで放水されていたら、水槽にスペースが残っていても浮けない。

口の上まで水が来たら、終わりだ。

「あちゃー彼女さん、もう溺れそうだね……どうする？　取り敢えずキスしておく？　減るもんじゃないし、いいんじゃない？」

レイさんがアキラくんの頬《ほお》にそっと手を伸ばす。――――が、アキラくんがレイさんをトンと突き放した。

◆

やたらと距離の近いレイの体をトンと突き放すと、レイが驚いたような顔で俺を見る。

「……聞いた俺が馬鹿だったよ。時間の無駄だった」

俺はレイの条件を聞いた正直な感想を吐き捨てた。

俺を潰すためにシズカを殺そうとするような奴《やつ》に、シズカが助かる条件を聞いた俺が馬鹿だった。この期に及んで、まだ俺とシズカが悩み苦しむ道を提案してくるとは、どこまでも悪知恵が働く……。

「……大好きな彼女を助けるために、キスもできないのか？」

「そんなことするくらいなら、別の方法で助ける」

「そっか……おまえ、一途《いちず》だったもんな。自分の貞操守るために、彼女を見殺しにするのか？」

「見殺しになんてしない」

「水を止めるスイッチはこの部屋にない。水槽も割れない。それで、どうやって助けるつもりだ？」

俺は水槽から離れ、少し離れたところに落ちていた鉄の棒を拾い上げる。

何度か振って感触を確かめていると、レイが笑った。

「私たち三人を殺《や》る気か？　だがその間に、彼女さんは溺れてしまうぞ？　いいのか？」

返事をせず、水槽の前に戻る。

もうレイたちの相手は後回しだ。今はもう、この水槽を叩《たた》き割《わ》ることだけを考えよう。

水槽に向き合うと、シズカと目が合った。

俺が何を言う前に、ガラスから離れてくれる。今からこのガラスを叩き割ろうとしていることを察してくれたようだ。

「まだ水槽が割れると思ってるのか？　その水槽は特別製なんだよ。鉄の棒でも割れないぞ」

レイは、一旦無視だ。

鉄の棒を両手で握り、頭上に振りかぶってから一気に振り下ろす。

ガンッと今までで一番大きな音がしたけど、水槽は割れなかった。ひびが入った様子もない。叩きつけた衝撃で手が痺《しび》れる。

これでもダメなのか。俺の力じゃ、シズカを助けられないのか。

――いや、諦めるにはまだ早い。厚みも種類も強度も分からないガラスだけど、ガラスである以上割れないことがあるものか。

シズカはもう限界が近い。

もう時間がない。シズカが溺れる前に、水槽を割らないと。

「必ず、助けるから。信じて」

シズカが小さく頷《うなず》くのが見えた。

シズカはいつだって俺を信じてくれた。今回だって、俺が助けるのを待っていてくれる。

俺はシズカを助けられる。必ず助けられる。

何度も何度も、ガラスに向かって鉄の棒を打ち付ける。

——雨垂れ石を穿《うが》つ。軒先から落ちる僅かな雨垂れでも、長い間同じ場所に落ち続ければ硬い石に穴を開けるという。

水滴で石に穴が開くんだ。鉄の棒で同じ場所を打ち続ければ、水槽のガラスだって傷がつくはず。少しでも傷がつけば、そこが突破口になる。

根性で何でもできるとは言わないが、窮地に立たされた時に最後に勝つのは体が強い奴《やつ》じゃなくて心が強い奴だ。心が弱れば、体は自然と弱ってしまうから。自分を信じて動き続けられる奴が、最後に望みを叶《かな》えられる。

ただ一点を、打つ。寸分違《たが》わず、一点を。

「無駄だ！　もう何をしても手遅れなんだよ!!」

ガンッと打ち付けた鉄の棒が、少しガラスの表面に引っかかった。

――無駄だって？　手遅れだって？

まずは落ち着け。落ち着いて、深呼吸。体中の筋肉に、新鮮な酸素を送り込め。

何度か深呼吸を繰り返すと、冷静になってきた。

怒りも苦悩も痛みも、負の感情は全部、体の奥底に押し込む。全部真っ暗な空間に押しやって、心を無にする。

鉄の棒を両手で握り、上段に構える。

……普段、人間は百パーセントの能力を発揮できないようにセーブされている。しかし極限まで追いつめられた人間が無意識にストッパーを振り払い、驚異的な力で奇跡を起こす話は少なくない。

今の俺が全力だと思って発揮できる力は、俺の本当の全力ではない。

ストッパーを振り払え。全力を込めれば、こんなガラス、壊せる。

――俺はこんなところでシズカを失うわけにはいかない。

押し込めて押し込めて押し込められた負の感情が、ぐぐぐっと膨れ上がる。

押し込められた反動で、爆発するように勢いよく噴き出す。

誰が決めたかも知らぬ限界の壁を打ち払い、普段なら引き出せない力を呼び覚ます。

そこに感情の力を合わせて、力と想《おも》いの全てをただ一点に叩《たた》きつける――。

――ガシャバァァァァァァアン。

水槽のガラスが一面、粉々に砕け散った。

流れていった水は室内に全体に広がり、床を濡《ぬ》らす。

俺は床に流れ着いてぐったりしているシズカの上半身を支え起こした。

「――シズカ！　シズカ!!　しっかりして!!　シズカ!!」

「………アキラ、くん……？」

シズカが薄目を開けた。ぼんやりしているが、掠《かす》れた声で俺の名前を呼んでくれる。

「シズカ、俺のこと、ちゃんと分かる？」

「うん……分かる……。助けてくれて、ありがとう……」

「良かった……」

間に合った。助けられた。

抱きしめたシズカの体が、ちゃんと呼吸をしているのを感じてホッとした。

水槽が割れたのに、降り注ぐ水は止まらない。水槽に溜《た》まっていた水と、今も降り注ぐ水のせいで、床はビショビショに濡れている。これじゃあここには誰も住めないなと思ったが、そういえばここはレイの本当の家でもなかったんだった。

「なんで……なんでなんでなんでなんでなんで!?」

急にレイが叫んで、タイガとバクヤの顔を蹴飛ばした。

「なんで!!　水槽が!!　割れるんだよ!!　水族館の水槽を!!　人が殴って!!　割れたことがあるか!?」

激昂《げきこう》したレイが叫びながら、その辺にあるものをタイガとバクヤに投げつける。さらに小さなテーブルを掴《つか》んで振り回した。

「なんでだ!?」

「急なお話だったので、時間が足りず……水族館の水槽は、用意できなくて……。分厚い強化ガラスに、細工をして……」

「ごちゃごちゃウルサイ!!　私は水族館の水槽を用意しろって言ったんだよ!!　思ったよりちっせーなって思ったけど、そこは我慢してやろうと思った。でもこれは我慢ならないぞ!!　溺れるまであと少しだったのに!!　この役立たずが!!」

怒り心頭の様子のレイが、無抵抗のタイガとバクヤをテーブルで殴り続けている。

俺は何とか意識を取り戻したシズカを抱きしめたまま、乱れた呼吸をなんとか落ち着けようとしていた。

まだこれで終わらない。

水槽からシズカを出したところで、あいつらが俺たちをこのまま帰すとは思えない。

早く、シズカと一緒に逃げないと。

だんだん体のあちこちに疲れが出てきて、軋《きし》むように痛み出す。

体が燃えるように熱い。でもまだ倒れられない。

俺の体はどんなにボロボロになってもいいから、シズカを守って逃げないと。

シズカはまだ生きている。助けられたんだ。まだ俺たちの未来は繋《つな》がっている。明日へ、その先へ繋いでみせる。俺たちの未来を奪わせて堪《たま》るか。

その時、レイがテーブルを振りかぶり…………………そして、投げ捨てた。

投げられたテーブルの先で、ガシャンと何かが割れる。

「もういい……。この作戦はここまでだ。行くぞ……」

俺は警戒を続けていたが、レイはこちらを全然見ない。

ふらふらと歩きながら、レイが玄関のドアに向かう。タイガとバクヤも、痛む体を引きずるようにして、後に続いていく。まるで、このままこの部屋を出ていこうとしているみたいだ。

——まさか、ここまで来て見逃すのか？

ありえない。何を企《たくら》んでいるんだ。

まだ何かしてくるはずだと思って神経を研ぎ澄ますが、レイたちが何かをする気配はない。レイはゆっくりと玄関のドアを開けて、タイガとバクヤを先に行かせた。

そして最後にドアをくぐりながら——レイが振り向いた。

「じゃあな、臼井《うすい》アキラ。これでもう終わりだ。達者でな」

それ以上何も言わず、ドアの向こうに消えた。

——諦めたのか？　本当に？

水浸しの部屋には、俺とシズカだけが取り残された。

するとだんだん装置から流れる水の勢いが弱まり、やがて止まってきた。

「水が……止まりそう？」

ずぶ濡《ぬ》れで弱っているシズカの声は掠《かす》れている。

「やっぱり、どこかに水を止める方法があったのかな……？」

「分からない。屋上に用意してあった水が、全部流れ切っただけかもしれない」

「そっか……もう、レイさんの言っていること全部信じられなくて……何が本当か分からなくなっちゃうね……」

シズカの言う通り、どこかに水を止める方法があったのかもしれない。

でも、もう何でもいい。レイたちが去ったのなら、好都合だ。早くこの忌々しいビルから脱出したい。

「シズカ、立てる？」

立ち上がって、シズカに手を差し出す。シズカは酷《ひど》く疲れた顔をしているけど、俺の手を掴《つか》んで立ち上がった。

「うん……早く、ここを出ないとね……」

シズカを気遣いながらゆっくり歩き出した時――背中がゾクリとした。

とても、とてもイヤな予感がした。

レイはシズカを殺して俺を潰すことしか考えていなかった。そして、大嘘《うそ》つきだ。

ならば、『これでもう終わりだ』という言葉は闘いの終わりを告げる言葉であるはずがない。

レイはまだ何か策を持っている。

俺たちを確実に終わらせるための策を――。


――ズガガガガアアアアンッ。


鼓膜をつんざくような爆音。

視界がチカチカする中、天井が砕けて破片が落ちてくる。

天井の穴から鉛色の空が見えて、部屋の電気が消えた。

今すぐ逃げなきゃ死ぬと思った。

でも、動けない。

自分に迫ってくる瓦礫《がれき》がテレビの映像のように、ここではない別の世界のものに思えてくる。脳が恐怖に負けて、認識を捻《ね》じ曲《ま》げたのか。しかしそれは、現実逃避というんじゃないか。

ふと妙な考えが浮かんだ。

――今、神様が現れて、時間を巻き戻してやると言ったら、どこからやり直せばいいんだろう……。

「アキラくん――」

シズカが、急に俺を突き飛ばした。

俺が後ろに倒れ、シズカが前に倒れる。その動きさえ、ゆっくりと見えた。

シズカの背中に、大きな天井の破片が落ちるのも……。

「シズカ!!」

何とかしなきゃなんて考えても、すべてが遅かった。

シズカの背中には破片が直撃し、シズカの背中からは血が滲《にじ》んだ。

きっと怪我《けが》は表面だけじゃ済まない。落下の衝撃で骨や内臓にもダメージがあるかもしれない。

「シズカ。脱出しよう。掴《つか》まって」

「う……ん……」

俺はシズカを背負うと、まだバラバラと降ってくる天井の破片を避《よ》けながら、出口を探した。

シズカはまだ返事をしてくれる。俺の肩を掴《つか》んでくれる。でも掴んでいる手は震えていて、痛みを我慢しているのが伝わってくる。一刻も早く病院に連れて行かないと。

しかしまだビルのあちこちで、ドカンドカンと爆発音が響いている。

――レイはビルに爆発物を仕掛けていたんだ。ビルを爆破し、俺たちを生き埋めにするのがレイの最終手段……!?

爆発の衝撃で停電し、エレベーターは使えない。でも、こんなビルだ。必ず非常用階段がある。エレベーターホールには、玄関ドアの他にドアがなかった。それなら……。

壁沿いのドアを片っ端から開けていくと、見た目普通と変わらないドアの先に非常階段があった。崩れた壁やら天井やらの瓦礫《がれき》で半分以上埋もれているが、脱出するにはここしかない。

シズカを背負ったまま転ばないように注意しながら、俺は階段を下りてく。

ビルが倒壊する前に、脱出できるか……。

背中で、シズカが痛みに呻《うめ》くのが聞こえる。

シズカは俺を庇《かば》ったんだ。シズカが俺を突き飛ばさなければ、あの大きな天井の破片は、俺に当たっていた。シズカが助けてくれた。

でも……シズカにそんな傷を負わせてしまったのが苦しくて、苦しくて堪《たま》らない。

「……怪我《けが》をするのは、俺で良かったのに」

「やだ……私だって……アキラくんに、怪我……させたくないよ……」

シズカが後ろから腕を回して、俺の首にぎゅっと抱きついた。

「私も、やっと……アキラくんを……守れた、かな……」

「ずっと守ってもらっているよ。バクヤに刺されそうになった時も、シズカが声を上げてくれたから反応できた。それだけじゃない……もっと前からずっと守ってもらってる。きっと、高二になって、同じクラスになってからずっと……」

「そうだったっけ……？」

「そうだよ。俺は……シズカに守ってもらってた。助けてもらってばかりだから……」

「そう……？　なら、良かった……大好きな、アキラくんの……力に……なれていたなら、良かった……私もね……ちょっとは強くなりたいって思ってたから……」

「もう話さないでいいよ。少しでも体力を温存しておいたほうがいい」

「ごめん……私、今、すごくね……話したい……」

「また後でいっぱい話聞くから、今は……」

「でも、なんだか今ね、言っておかないと……いけない気がするの……」

痛みを誤魔化《ごまか》すために話して気を紛《まぎ》らわしているのだろうか。いや、今のシズカの状態だと、少しでも安静にしておいたほうがいいはずだ。

汗が出て、脚が震えそうになる。

これは俺の体力が限界を迎えようとしているせい？

それとも……怖いから……？

「アキラくん、ありがとう……大好き……」

「もういいから……また後でたくさん聞かせて」

「でも今……大好きって、いっぱい……言いたい気分……」

——やめてくれ。もう、『後で』がないような言い方しないで。

俺はシズカより先にいなくなったりしないって約束した。でも、俺だって……シズカに自分より先にいなくなってほしくない。

俺を強いと言う奴《やつ》がいるけど、何のことだ？

たった一人の大好きな子がいなくなったら潰れてしまう俺が、強い？

強くなんてない。俺はそんなに強くない。

——こんな風にシズカがいなくなってしまう世界で生き続けられるほど、俺は強くない。

「シズカ……？」

ズッと、背中の重みが増した気がした。俺の肩を掴《つか》んでいた手が力なく垂れ下がる……。

——急がないと。早く……早く病院へ……!!

必死過ぎて、今何階にいるのかも分からない。

降りる。

ただ降りる。

降りきったところが地上だ。

ビルを出れば、助けを呼んでもらえる。病院に行けば、シズカはきっと助かる。

階段を降りて降りて、降りる途中、脚の力が抜けた。

消防車のサイレンの音。「誰かいますか?」と呼びかける人の声。

そうか、こんな街中でビルが爆発したんだ。消防車だって来る。俺たちがこのビルに入ることを目撃した人がいれば、中に人がいると思って消防士も助けに来る。

階段を上がってきた消防士が、シズカを抱えて階段を駆け下りる。

背中が軽くなったのに、もう一歩も動けないくらい体が重い。

「大丈夫ですか⁉」

俺はいいです、シズカをお願いします。シズカを助けてください。

そう言いたいけど、唇も動かなければ声も出ない。

——もし時間を巻き戻せるなら、夏休みにレイと出会う前に戻ればいいのか。いや、レイはもっと前から計画を立てていたという。黒松《くろまつ》と闘ったのがいけなかったのか。ううん。

違う、もっと前だ。

ごめんシズカ。

俺が好きにならなければ……今日、シズカはこんな目に遭わなかったのかな。

❖

『ビルが爆発して、お前んとこのパシられ陰キャとその彼女が、救急車で病院に運ばれたらしい。しかも彼女のほうが、大怪我《おおけが》したって』

虎石《とらいし》デンは、通りすがりのヤンキー仲間からそんな話を聞いた時、アキラとシズカが穴熊《あなぐま》のタイガの襲撃を受けたことを察した。そして、居ても立ってもいられず、運び込まれたという病院に向かって走り出した。

アキラどころか、シズカも病院に運ばれた。しかもシズカが大怪我？

アキラは絶対にシズカを守る。何が何でもシズカを守ることを、デンは知っていた。

だから、アキラが一緒にいてシズカが大怪我を負うなんて普通じゃありえない。

「臼井《うすい》アキラと、大槻《おおつき》シズカっつーのが運び込まれたって聞いたんだが!!」

病院の受付で叫ぶと、受付に立っていた女性はデンを見るなり「ひっ」と短く悲鳴を上げた。しかしすぐに平静を装いながら、「ご案内しますので、どうぞこちらへ……」とカウンターから出てきた。

ダメもとで押し掛けたデンは面食らった。

なんてスムーズな対応。こんな風に誰かを案内するのは、初めてじゃないような……。

着いたのはガランとした待合室で、私服姿のヒロミがポツンと座っていた。

泣いている。こいつが騒ぎまくってここに案内させた前例があるから、俺がすぐに案内されたのかと、デンは理解した。

「臼井《うすい》アキラさんの処置が終わりましたら病室にご案内できることになっておりますので、しばらくこちらでお待ちください」

「お、おう……」

受付の女性が立ち去ると、ヒロミとデンは二人きりになった。

「……委員長は？」

「手術中だ」

「手術!?　そんなにヤベー怪我《けが》なのか!?」

思わず大きな声を出してしまい、デンはすぐにマズイと思った。

ヒロミに「うるせークソが！　病院で騒ぐなら帰れ」とどやされると思ったからだ。

しかし……ヒロミは泣くだけ。デンに怒鳴ることもない。

気まずい。まったくめんどくせーな……と思いながら、デンは口を開いた。

「…………」

何も出てこなかった。クソめんどくせーが慰めてやらなきゃもっとめんどくせーと考えたが、慰めの言葉なんて全然思いつかなかった。

俺には無理だ、とデンは悟った。

他の場所でアキラの処置が終わるのを待とうと、部屋から逃げようとする……が、グイッと服を引っ張られて止まった。服を引っ張れる人物は、ヒロミしかいない。

「……………隣にいろ」

「……………うぐ」

拒否できない。

ここで「うっせー一人で泣いてろ」と言えるほど、デンは薄情なヤンキーではなかった。

渋々、ヒロミの隣の椅子に腰を下ろした。

「……………」

「……………」

両者無言のまま十分経過。

気まずい。どうしろというのか。

「……………夏休み、お前が臼井に『泣いたことあんのか？』って聞いた時、臼井はフリーズしたんだよ」

「あ？」

いきなり話しかけられて、デンの声は裏返りそうになった。

ヒロミはもうビショビショになっているハンカチで、涙と鼻水を拭いている。

「……そうしたらすぐ、シズカがお前に話を振って、臼井《うすい》が答えなくていいように話を進めたんだ。あん時あたし、シズカってマジですげーって思った。シズカは臼井が泣いたことないのも、それを臼井が気にしていることも察したんだと思う。みんなの空気悪くしないで、でも臼井が答えなくていいようにしたんだ」

「それは……さーせんっした……」

「その後の臼井も良かったな。シズカがフォローしたことに気づいて、すげー優しい目でシズカのこと見てた。あーこの二人、早く結婚しろって思った……」

「オメー……よく見てんのな」

「アホ。てめぇが周りを全然見てないだけだ」

ヒロミの口調に鋭さが戻って、デンはちょっとだけホッとした。

こいつは喧嘩《けんか》腰《ごし》の時のほうが相手をしやすい。こっちのほうが慣れている。

でもヒロミはすぐにまたしゅんとして、悲しそうにする。

「シズカは、臼井のこと誰よりも分かってんだよ。臼井のことほっとけない性分なんだよ。だから、シズカは絶対に大丈夫だ……」

「あぁ」とデンは頷《うなず》いた。

人に言い聞かせるような口調だが、ヒロミが自分自身に言い聞かせていると、デンには分かった。

「…………シズカは、臼井を残してくたばったりしないよ。責任感強いから、臼井のこと最後まで面倒見なきゃって、絶対に思ってる」

「あぁ、そうだな」

ヒロミが何度も「シズカは大丈夫だ」と言うから、デンは何度も「そうだな」と頷いた。

シズカは大丈夫だと声を掛け合うことで、不安が薄れる気がする。いい未来が近づいてくるような気がする。――本当はこうして気を紛《まぎ》らわしていないと、怖くて震えてしまうだけなんだが。

「委員長はぜってー大丈夫だから、もう泣いてんじゃねーよ」

「うん……」

――気が付けば、震えるヒロミの手をデンの手が包み込んでいた。

……アキラの処置を終えたことを知らせに来た看護師が近づいてきて、ヒロミが正気に戻るまで。

デンが病院に到着してから約三十分後、デンとヒロミはアキラの病室に案内された。

いきなりヒロミに平手打ちされたデンの頬《ほお》は、まだヒリヒリと痛んでいる。

「場の空気に流されて手を握っちまったが、テメーだってしばらく普通に握られてたじゃねーか」と言いたくてイライラしていたが、言えなかった。

デンはイライラとモヤモヤを抱えてアキラの病室に向かったが、アキラの姿を見た瞬間、全部頭から吹き飛んだ。

顔のあちこちにガーゼを貼られ、腕は包帯だらけ。生気のない顔で、アキラがベッドに座っている。

無表情で、感情が読み取れないアキラの顔を見て、デンは「何があったんだよ?」と聞きそうになった。

だが、すぐに口をつぐんだ。アキラの口から語らせるのは、酷だなと思ったからだ。

代わりにデンの口から出たのは、そんな言葉だった。

「大丈夫か?」

大丈夫じゃないのは誰の目から見ても明らかで、これも聞く必要のない言葉だった。

でも、それしか出てこなかった。

案の定、アキラは答えない。今この姿こそがすべてと言うようだ。

「なんでオメーらが、こんなことにならなきゃいけないんだ……」

パシられるのが趣味の陰キャと、クラスメイトからウザイと思われるほど真面目な学級委員長。本来ヤンキー高校のボスに喧嘩《けんか》を売られて、命を狙われるようなキャラじゃない。

それは二人を知る誰もが思っていることだろう。

「……………レイが……レイの父親が、俺を潰そうと考えたらしい」

無表情のアキラが喋《しゃべ》って、デンは驚いた。

ボソボソと喋るアキラの声には抑揚がない。

怒りや憎しみの感情も籠っていなくて、不気味だった。

「レイって……あのパシられヤンキー女子だよな？」

「本名は、銀堂《ぎんどう》レイというらしい」

「銀堂？　まさか銀堂って、千天寺《せんてんじ》みたいな大金持ちの？　……それで、なんでオメーらが狙われるんだよ？」

「…………………分からない。分からないけど、何でもいいけど、俺を潰したいなら、俺だけを潰せばいいのに……なんで、シズカを巻き込むんだ……」

淡々と吐き出される言葉。

奴《やつ》らの思惑通り、まさにアキラは潰れそうになっている。

見ているこっちまで胸が押しつぶされそうになる。

何でもいいから言葉を掛けなきゃいけない。そうじゃないと、アキラは自分で自分を責めて、どんどん潰れていってしまいそうだ。

「アキラ……あのよぉ」

デンが話しかけようとした時、病室のドアがガラリと開いた。

入ってきたのは、シズハとジョウだった。

「臼井《うすい》くん！　お話ししたいことが……！」

勢いよく話し出そうとしたシズハは、病室にヒロミとデンがいるのに気づいてハッとした。少し頬《ほお》が赤くなる。

「す、すみません……ヒロミさんとデンくんもいらしてたんですね……」

「あぁ、俺たちもここには、今さっき来たとこなんだが……」

「……話っていうのは？」

アキラが力なくシズハに問う。シズハは少し迷った顔をした。

「席、外すか？」

もしかして邪魔だろうかと空気を読んでデンが聞くと、ジョウが悩み顔のシズハの肩にポンと手を置いた。

「いいんじゃねぇか。こいつらだって知る権利あるだろう」

「そうですね……今からお話ししたいのは、臼井くんとシズカさんが命を狙われる原因についてです。なので、二人の大事なお友達であるデンくんとヒロミさんにも、聞いてもらいたいと思います」

アキラとシズカが命を狙われる原因と聞いて、デンの顔は強張《こわば》った。

ヒロミも涙を拭いて顔を上げている。……アキラは、相変わらず無表情でいるが。

「原因？　こいつらがタイガに狙われた原因が分かったのか？　いや、さっきアキラは、レイって奴《やつ》の父親がどうとか言ってたんだが」

「あぁ……臼井くんはもう、銀堂《ぎんどう》レイをご存知《ぞんじ》なのですね……」

シズハはベッドの横に立つと、アキラに向かって静かに頭を下げた。

いきなりシズハがアキラに頭を下げて、デンもヒロミも目を見張った。

ジョウは辛《つら》そうに顔を歪《ゆが》めてシズハを見守っている。

肝心のアキラは、相変わらず何を考えているのか分からない顔で、シズハを見た。

「臼井くんとシズカさんが、穴熊《あなぐま》高校の雅狼《がろう》タイガ、そして銀堂レイから狙われるようになった原因……その事の始まりは、ネコオカランドでの誘拐未遂事件にあることが分かりました」

「…………ネコオカランド？」

アキラが聞き返す。シズハさんは頭を上げずに応じる。

「はい。胡桃《くるみ》がわたくしを誘拐し、売り飛ばそうとした事件です。果たして胡桃は、わたくしを誰に売ろうとしていたのか……千天寺《せんてんじ》家は裏でその犯人を探っていました。そしていま最も黒に近いと言われているのが——銀堂マサムネ。銀堂家の現当主で、先ほど臼井くんが言っていた、銀堂レイの養父です」

「……俺がシズハさんの誘拐阻止に関わったから、銀堂《ぎんどう》家の恨みを買ったと……？」

「はい、恐らくは……。銀堂家が胡桃《くるみ》と繋《つな》がっていたと分かったのは、先ほどのことでして、今、事実確認中です。しかし状況から見て、間違いないと思われます。わたくしを助けたばかりに、申し訳ございません……」

シズハは震える唇を噛《か》み、必死に泣くのを我慢しながらアキラに説明を続けた。

銀堂マサムネは、シズハを売り飛ばそうと企《たくら》んでいた胡桃からシズハを買い、人質に取って千天寺《せんてんじ》家を裏から操ろうと考えた疑惑が出たらしい。千天寺家を自分に都合よく動かし、さらに強大な権力を握るために。……かつてシズハと結婚して千天寺家と繋がろうとしたが失敗し、より悪質なやり口に手を出したとみられるとか。

元々銀堂家は黒い噂《うわさ》が多く、裏で随分あくどいことをしていると有名で、特に汚いことは銀堂家に逆らえない雅狼《がろう》家に命じてやらせていたそうだ。今回千天寺家独自の調査で、雅狼家の息子が穴熊《あなぐま》高校に通うのは、卒業生を裏社会に引き込み、悪事の末端を担わせ、警察沙汰になった時に逮捕要員にするためということも分かったという。

「――わたくしは銀堂家とも接点がございますが、レイという娘がいることは知りませんでした。そこでお父様に聞きましたら、どうやらレイは銀堂マサムネの養子で、お父様でさえその存在を知ったのは一年前であるとか。孤児を養子にしたとか、妾《めかけ》の子どもとか、噂はいろいろあるそうなんですが、いつ養子になったか不明です。そしてどうやら穴熊高校には、木藤《きとう》レイの偽名で入学していたみたいです」

「ちょ、ちょっと混乱してきたんだけどよ……つまり、アキラがシズハさんの誘拐を邪魔したことで銀堂の親父《おやじ》が怒り、娘と部下の子どもを使ってアキラを潰そうとしたってことか？」

首を捻《ひね》りながらデンが聞くと、ジョウが「まぁそういうことだ」と答えた。

「表向きはガキ同士の喧嘩《けんか》として、兄貴を潰そうと考えたんだろう」

「ガキの喧嘩で、ビルが爆発するか!?　さっさとそいつを逮捕できねーのかよ！」

「『子どもが勝手にやったこと』とシラを切るつもりかもな。最悪、レイは自分の養子だった事実すら消して無関係を押し通すかもしれねぇ」

「はあ!?」

「うっかりするとそういうことがまかり通っちまうんだよ。金があれば、ある程度のことは思い通りになる」

ピクリとアキラが反応した。

でもデンがアキラを見た時、アキラはもう無表情だった。

一瞬表情が変わったような気がしたが、気のせいだっただろうか。

アキラは、何も言わなかった。だが、しばらくしてようやく口を開いた。

「……俺がシズカを好きにならなければ良かった……そうすれば、シズカが巻き込まれる

 こともなかったんだ……」

悲しい言葉だ、とデンは思った。

アキラもシズカも、何も悪いことはしていない。シズカも巻き込まれたが、アキラだって巻き込まれた被害者の一人だ。なまじっか、自分が頑張ればどうにかできたと思うからこそ、責任を感じてしまうんだろう。アキラが最善を尽くして闘っていたことは、その闘いの現場を見ていなくても分かるのに――。

――その時、ここまで黙って会話を聞くだけだったヒロミが動いた。

急にアキラに近寄ったと思えば、バチンと平手打ちをかます。

デンはギョッとし、慌ててヒロミを後ろから取り押さえた。

「おおい!! 怪我人《けがにん》に何してんだバカ!!」

「あたしも大概馬鹿な自覚はあるが、こいつは大馬鹿だ!! あと五千発殴らせろ!!」

「五千発!? 殺す気か!?」

「生まれてきてごめんなさいみたいな、生気も覇気もない顔してやがるんだ!! そんな腑《ふ》抜《ぬ》け面してんだったらあたしが引導渡してやるよ!!」

「落ち着けって!! なんでお前がブチ切れてんだよ!?」

「こいつが、シズカを好きにならなければ良かったなんて馬鹿なこと言うからだよ!! お前、今まで何見て生きてたんだよ!? シズカがどれだけお前のこと大好きか、見てなかったのかよ⁉　お前と両想《りようおも》いになれて、どれだけ幸せそうにしてたか、見てなかったのかよ⁉　なかったことにしたいのかよ‼　シズカの幸せまで、なかったことにしたいのかよ⁉」

「アキラは別にそこまで言ってねーだろ！　委員長が怪我したことでちょっと凹《へこ》んでるだけだろ！　弱音くらい吐かせてやれよ！」

「ネガティブ陰キャ野郎が‼　そのまま凹んだついでに俺なんか存在しなければ良かったとか抜かしやがんなよ‼　悪丸《あくまる》サダオからあたし達を助けたのは誰だ⁉　三バカトリオのせいで黒松《くろまつ》に誘拐されたシズハさんを助けたのは誰だ⁉　お前がいなけりゃシズカはどうなってた⁉　ネコオカランドでシズハさんはどうなってた⁉　たった一回地獄を見たくらいで、お前の存在価値を見失ってんじゃねえ‼　シズカだってまだ闘ってるのに、お前が先に負けんじゃねえ‼」

ヒロミの叫びは病室内いっぱいに響いた。

ハァハァと荒い呼吸をしているヒロミを必死に押さえながら、デンは考える……。

デンにはアキラの泣き言を吐きたくなる気持ちも分かった。

でも、ヒロミの怒る気持ちも理解できた。

——そうだよ、アキラ……辛《つら》いのは分かる。でも、まだ全部終わっちゃいねーだろ。

「俺もな……オメーが負けを認めるにはまだ早いと思うぜ。オメーにはまだ、やるべきことが残ってんじゃねーのか？　委員長はまだ生きてんだろ？　委員長が目を覚ました時、オメーのこんな顔、誰も見せらんねーぞ！」

「いいこと言った!!　こいつの言う通りだ!!」

「ごふっ!!」

いいこと言ったと褒めたにもかかわらず、デンの腹に直撃したのはヒロミの強烈な肘鉄。

デンがよろめいた隙に、ヒロミは病室の壁に貼り付けてあった鏡をバチンと引《ひ》き剥《は》がす。

そしてアキラの顔の前に突きつけた。

「見ろ、この顔を。一学期に三バカトリオにパシられていた臼井《うすい》のことだって、シズカはめちゃくちゃ心配してたんだぞ!?　今のこの顔見たら、どれだけ心配するか想像できるか!?　あたしはできる!!」

アキラは軽く目を見開いて、鏡に映る自分を見た。でも、すぐに目を伏せてしまう。

自分がどんなに酷《ひど》い顔をしているのか、直視させるのは酷だったんじゃないかとデンは心配になった。鏡を構えたヒロミを下がらせるべきか迷う。

ジョウとシズハはヒロミを止めない。アキラの反応を見ているようだ。

もういいだろ、少し休ませてやろう。

デンがヒロミを止めようとした時……………ふと、アキラが眉間にシワを寄せて目を閉じた。

そして――――――鏡に頭突きした。

メキッと音がして、鏡に亀裂が走る。

突然の思いもよらない行動に、病室にいた誰もが「え？」という顔をした。

ついにアキラが壊れたのか。

デンにイヤな考えがよぎったが、ゆっくり顔を上げるアキラを見て、その考えは消えた。

「――――――ごめん、ありがとう。…………荒木《あらき》さんの言う通りだ。シズカはまだ闘っているのに……馬鹿なこと言ってごめん。殴ってくれて、ありがとう。デンくんも、ありがとう」

目に強い意志が戻ってきている。デンは鳥肌が立った。

――そうだ。そうこなくちゃいけない。アキラは潰れない。委員長のためにも、潰れるなんてありえねーだろ。

壊れかけの人形みたいだった顔に血の気が通い始め、闘う意志が宿った。

デンがドキドキしながら見守る先で、アキラがゆっくりと言葉を選ぶように話す。

「……まだ終わってない。シズカが目を覚ますまでに、やらなきゃいけないことがある」

「……兄貴、どうするつもりだ？」

ジョウは少し心配そうに聞いた。

アキラは包帯の巻かれた右手を見つめながら静かな声で答える。

「……あいつらは今、俺が完全に潰れたかどうか様子見しているところだと思う。もしシズカが回復して、俺が潰れてないと分かればまた襲撃に来るかもしれない。シズカがせっかく目を覚ました時、またあいつらに絡まれるなんて御免だ。その前に決着をつける」

「……決行はいつだ？」

低い声で聞いたのはヒロミ。

「今夜」

「分かった。あたしも行く」

「ちょっと待て！　銀堂《ぎんどう》が黒だと分かれば、千天寺《せんてんじ》と警察で動いて元凶を潰せるんだぞ？　それまで待てねぇのか？」

アキラの考えが思ったより早かったのか、ジョウが慌てた。

「シズハさんたちが情報を掴《つか》んだと銀堂が気づかないうちに動かないと。絶対に逃がしたくない。あの三人は俺がまとめて警察に突き出し、法の裁きを受けてもらう」

「臼井《うすい》と同意見だ。奴《やつ》らだって、千天寺家が嗅ぎつけたことにすぐ気づくだろう。逃げられたら終わりだ。殴るなら今だ。タイガもバクヤもレイって奴も、そいつらに付き従ってた穴熊《あなぐま》のヤンキー共も、全員まとめてぶん殴りに行くぞ」

「……しゃーねーな。俺も行く。キュウとノンも呼ぶから、穴熊の連中を全員泣かせに行こうぜ」

「いやいや今の兄貴は満身創痍《まんしんそうい》だし……」

「分かりました。それではわたくしも、今夜、銀堂のお屋敷に殴り込みに行こうと思います」

「はぁ!?　シズハ!?」

シズハまで闘う気満々で、ジョウが素っ頓狂な声を上げた。

「わたくしだって、シズカさんに大怪我《おおけが》をさせられて腹が立っているのです！　一発殴らせていただかないと！」

「だからってシズハも行ったら危険だろうが！　銀堂の野郎は十歳のシズハに政略結婚持ちかけて、シズハを胡桃《くるみ》から買おうとしたド変態だぞ!?」

「お父様たちも一緒に行ってもらいます。それにわたくしにはジョウもおりますもの。危険が及ぶことがあるでしょうか？　それに、銀堂の娘と雅狼《がろう》の息子たちを臼井くんたちが足止めすれば、こちらも動きやすくなるはずです。タイミングは同じほうが良いでしょう？」

「あぁ……もう分かったよ。姐《ねえ》さんがいねぇと誰も止めらんねぇな……」

ジョウはブツブツ言ったあと大きく溜《た》め息《いき》をつくと、全員に向かって告げた。

「全員、ゆめゆめ忘れんなよ。目が覚めた姐さんが悲しむようなことだけはするな」

「あたしがそんなヘマするはずないだろ」と、ヒロミが不敵に笑う。

「悲しむってか、怒られるようなこともしねーようにしとくわ」と、デンが頷《うなず》く。

「自分の身は守りつつ、目的達成のために頑張ります！」と、シズハが両手の拳を握る。

「いや、シズハはそんなに気合入れなくていいんだけどよ……。それより兄貴！　分かってんな？」

「分かってる」

アキラは素直に返事をした。


――もう悩まない。シズカと出会ったから今の俺がいる。

潰されそうになって凹《へこ》んだ心が、内側から押し返されていく。気力が満ちてくる。

既にシズカを助けようと闘ったアキラの体はボロボロで、拳も傷だらけだ。今はアドレナリンが出ているせいで痛みも疲れも麻痺《まひ》しているが、そのうち無理した反動が全部体に返ってくる。そうなったらもうアキラは動けなくなる。

それまでに終わらせなきゃいけないと、アキラは思っていた。

決行は今夜。

――さぁ、決着をつけに行こう。俺たちの平和な未来のために、タイガ、バクヤ、そしてレイを止めてみせる。

この格好じゃ外に出られないから
誰か服を貸してくれない？
最終決戦だし俺が一張羅を貸してやろうか！
臼井くんはシズカさんの騎士《ナイト》なのですから
こうでは!?
鬼瓦…ジャージ貸して
特攻服だろ
ナイトですわ
いいぜ〜！
パシられ陰キャは普通でいい件
…

第五章　パシられ陰キャが、巨悪と闘う件

◆

夜。俺は鬼瓦《おにがわら》に持ってきてもらったジャージに着替え、穴熊《あなぐま》高校の近くの居酒屋やスナックの明かりが灯《とも》る通りを歩いていた。

もちろん一人じゃない。デンくん、キュウくん、ノンくん、そして荒木《あらき》さんも一緒だ。

現在俺たちはレイたちの居場所を知るべく、穴熊ヤンキーたちの溜《た》まり場《ば》に向かっている。

……ちなみに俺は、シズハさんと千天寺《せんてんじ》家の使用人さん数名の協力の元、こっそり病室を抜け出していた。せっかく巻いてもらった包帯は、闘いの邪魔になるかもしれないから全部外してしまったし戻ったらすごく怒られると思うけど、覚悟の上だ。

「このメンツで殴り込みとか、土竜《もぐら》高校に乗り込んだ時のことを思い出すなー」

と、キュウくんが言った。ノンくんがチラッと荒木さんの様子を窺《うかが》う。

「あの日はこんな夜中じゃなかったんだな。それに……荒木ヒロミは一緒じゃなかったんだな」

荒木さんは大きな欠伸《あくび》をしていた。これから喧嘩《けんか》に行くというのに、緊張した様子じゃ

ない。

　思わずじっと見ていると、俺の視線に気づいた荒木さんが振り向いた。

「何？」

「……緊張とか、しないのかなって思って」

「はあ？　緊張なんかしないって、穴熊のヤンキーボコるだけだろ？　黒松《くろまつ》の時から穴熊の連中にはイライラさせられっぱなしだったから、ようやく参戦できてむしろワクワクするって。今夜は暴れさせてもらうから」

「今日は怪我《けが》してないみてーだが、油断はすんなよ。圧倒的に向こうの数のほうが多いんだからよ」

「へいへい」

　デンくんは、やはり少し荒木さんが心配なようだ。

「おーい、着いたぞー。ここだなー」

　キュウくんが足を止めたのは、一軒の古い店の前。テナント募集のチラシが貼ってあるし、営業中のお店ではないようだ。

　しかしデンくんは迷わずお店のドアを開ける。普通なら鍵がかかっていて開かないはずだが、すんなり開いた。中から音楽や人の話し声が聞こえてくる。

「まぁ、ついてこい」

デンくんを先頭に店に入っていくと、中で穴熊《あなぐま》ヤンキーたちがたむろしていた。どこから持ってきたのかテーブルや椅子まであり、食べ物や飲み物も置いてある。電気が通っていないからいくつかランプを持ち込んでいるようだが、店内はそこまで明るくない。だからか、穴熊ヤンキーたちは俺たちに侵入者に気づかない。

薄暗い部屋の中を見回すが、レイがいる感じがしなかった。

タイガやバクヤの姿もなさそうだ。

「レイって奴《やつ》はいなそうだな。俺が居場所を聞いてやるよ。待ってろ」

「デンくん、こいつらはレイが黒幕ってことを知らないから、タイガの居場所を聞いたほうがいいと思う」

「なるほど」と言いつつ突然デンくんが近くの椅子に座って、隣の椅子に座っていた穴熊ヤンキーの肩にガッと腕を回した。

「――なぁ。タイガって今どこにいんの？」

「は？　タイガ様だろ……って……」

肩に腕を回された穴熊ヤンキーが、デンくんを見て固まった。そのヤンキーと喋《しゃべ》っていた他のヤンキーたちもポカンとデンくんを見ている。

「どこにいるか教えてくんねーか？」

「ぐがががが」

もう一度聞きながら、デンくんがヘッドロックをかけ始める。

仲間の異変に気付き、店内の穴熊ヤンキーたちが騒ぎ出した。

「寄鳥《よりどり》の三バカトリオ!?」

「臼井《うすい》アキラもいるぞ!?」

しかしデンくんは焦らず、ヘッドロックをかけ続ける。

「タイガの居場所知ってる人ーいませんかー？」

「うぐぐぐ……じらねぇ……」

「ん？　何だ？　聞こえねーな？」

「じらねぇよぉ……」

ギブアップと言うように、穴熊ヤンキーがテーブルをバシバシ叩《たた》く。残念ながら、デンくんが締め上げている穴熊ヤンキーはタイガの居場所を知らないらしい。

「他に知ってる奴はいないのかー？」

キュウくんが呼び掛けるが、穴熊ヤンキーたちは誰も答えない。

店内に緊張感だけが満ちる――。

――ブーブー。ブーブー。

誰かのスマホのバイブ音が鳴った。

部屋の隅にいた穴熊ヤンキーが、スマホを手に取って耳に当てる。電話が来たようだ。

「…………はい。分かりました……伝えます……」

電話を切って、店の奥からこちらに向かって歩いてくる。そしてデンくんの前まで来た。

「ボスから伝言だ。穴熊《あなぐま》高校の屋上で待つ。臼井《うすい》アキラ一人で来い、と」

「……この店には監視カメラでも付いてんのか？　いい趣味してんなー。……で、そこにはタイガの他に、誰かいんのか？」

「…………バクヤ様と、レイが一緒だと言っていた」

「……だとよ。アキラ」

デンくんは穴熊ヤンキーから手を放すと、俺のほうを向いた。解放された穴熊ヤンキーは、床に崩れるように倒れて咳《せ》き込《こ》んでいる。

「どうする？　オメー一人で行くか？　罠《わな》かも知んねーけど」

「……一人で行く。罠なら罠で、かかるのは俺一人で充分だ」

「……分かった。そっちは任せる。終わらせてこい」

穴熊高校までは、ここから走って三分程度だ。

すぐさま俺が店を出ようとすると、出入り口に穴熊ヤンキーが三人立ち塞がった。

「そう簡単には行かせねーぞ!!　臼井アキラを仕留めたらボスにいい待遇をもらえる約束は、まだ生きてんだからなぁ!!」

「邪魔だ、ボケ共」

「ぐふぉっ」

荒木《あらき》さんが横から一人を蹴り倒すと、残りの二人も押されて倒れた。

「ほらほら、アキラは雑魚を無視してボス戦に行けってー」

急にキュウくんが、俺の背中をポンと叩《たた》いた。隣でノンくんも頷《うなず》いている。

「俺たちはここの穴熊ヤンキーの相手をしておくんだな」

「分かった」

ドアを開けて店を出ると、後ろからヤンキーたちの雄叫《おたけ》びが聞こえてきた。

穴熊高校に向かって駆ける。さらに目指すはその屋上。

レイたちはもう、俺とシズカが病院に運ばれたことも、俺たちが生きていることも知っているんだろう。俺がまたレイたちに立ち向かおうとすることも読んでいたに違いない。

最終決戦だ。

シズカを使って俺を潰せなかった今、レイが取る行動は一つしかない。

俺の命を奪う。今度こそ俺の命を絶ち切って、生命そのものを潰しにくるだろう。

――俺は潰れない。最後まで潰れず生き残って、お前らの悪行を潰す。

穴熊高校の門を乗り越えて進むと、ご丁寧に開いているドアがあった。ここから入れと言わんばかりだ。

校舎内に入り、階段を上り、突き当たりのドアを開けた先――薄暗い屋上に、タイガとバクヤ……そしてレイの姿があった。

穴熊《あなぐま》高校の屋上は見るからに古くて、背丈より高いフェンスは所々破けている。屋上に足を踏み入れると、靴の裏でコンクリートの表面が割れる感触があった。普段は生徒が訪れていい場所ではないのかもしれない。

「——来たか、臼井《うすい》アキラ」

レイは握った木刀の峯《みね》を肩に置いてニヤッと笑った。

「しぶとい奴《やつ》らだ。ビルの崩落に巻き込まれて二人まとめて死ねば良かったものを。まぁ彼女さんは重傷らしいし、おまえが潰れるのも時間の問題か」

「シズカは死なない。俺も潰れない」

「……気に食わないな、その目……。おまえがそんな目をしていると、私はお父さんに褒めてもらえないんだよ!!」

レイが片手で木刀を構えた。切っ先は、俺に向けられている。

「ここで決着をつけよう。一対一だ。私の手で、おまえの息の根を止める。そして、私はお父さんに褒めてもらうんだ……。タイガ、バクヤ。私の邪魔をするなよ」

タイガとバクヤは黙って頷《うなず》いて、静かに後退《あとずさ》る。レイの命令通り、俺とレイ、一対一で

闘わせてくれるらしい。

「潰れるのはお前たちのほうだ。金輪際、こんな悪いことができないようにしてやる」

「……知ってるか？　穴熊《あなぐま》高校の屋上は生徒が暴れまわったせいでボロくなったから、生徒が入れないように封鎖されてんだ。あちこち壊れやすいから気をつけろよ!!」

瞬時にレイが間合いを詰める。まさに一足一刀の間合いに入った瞬間、正面から打ちに来た。木刀を躱《かわ》すと、レイはすぐさま切り返して、軌道を変えてまた打ちに来る。木刀を腕で払って反撃しようとするが、レイの動きは俊敏で拳は当たらない。屋上の床の表面がところどころ砕けているせいで足が滑るのも、もどかしい。

――動きが速すぎる。それに木刀相手に素手は不利だ。

木刀の扱いが非常に上手《うま》い。いくらレイが小柄とは言え、この木刀で急所を突かれたら一撃で伸《の》されるだろう。――レイの手から木刀を奪うのが先か。

隙をついて木刀を蹴り落そうとすると、レイが身を引きざまに脛《すね》を打ってきた。打たれたのは足だけなのに、全身が強張《こわば》るほどの激痛が走る。

「死ね」

レイが構えた木刀の先から、ザッと鋭い鉄色の刃《やいば》が生えた。

先端に柳葉包丁のようなものが仕込まれていたのか。――これじゃあまるで薙刀《なぎなた》だ。

想定外にレイの攻撃範囲が広がった。

ヒュンと空気が鳴く。

喉元にチリッと焼けこげるような感触。

首を刈りにきた刃は、俺の首を掠《かす》めた。

「──その怪我《けが》でここまで動けるとは……大したものだな」

レイの戦闘センスは、今まで俺が闘った敵の誰よりも優れているように思えた。

何より恐ろしいのは、人の命を奪うことに一切の躊躇《ちゅうちょ》がないことだ。いたぶってやろうとか、できるだけ苦痛を与えてからトドメを刺したいとか、余計な欲がない。

死までの最短距離をまっすぐに貫いてくる。

満身創痍《まんしんそうい》で鈍った今の俺の体で、スピードに優れた敵を相手にするのは厳しい。今は大量に放出されているアドレナリンのおかげで動けているが、いつ限界が来るか分からない。

痛みも疲労も麻痺《まひ》している。通常の限界などとうに超えた、ハイ状態。

最後のブーストが切れた瞬間、俺は指一本動かせなくなるだろう。

それまでに、どうにかしてレイを打ち負かすしかない。

「俺を殺して、その後はどうするんだ？　父親のために人生を棒に振っていいのか？」

レイが再び木刀を振り回す。切っ先に鉛色の刃が生えた木刀を、木刀と呼んでいいのか分からないが。

「お父さんの望みが叶《かな》えば、何だっていい。少年院にぶち込まれようが、構わない。イイ子になったフリして出所して、再びお父さんの役に立てるように頑張るだけだ」

「本当の父親でもないんだろう？　なんでそこまでするんだ？」

「本当の父親って何だ？　……無力な私をサンドバックにして唾を吐きかけ、私を産んだ女を死なせた男と、私を拾って温かい住処《すみか》と食べるものを与えてくれた人……おまえならどっちを本当の父親と呼ぶ⁉」

レイの刃が頬《ほお》を掠《かす》める。

避《よ》ける時、レイの目が赤く燃えているように見えた。憎悪の炎。

俺に向けたものじゃない。恐らく記憶の中の、誰かに向けられた憎悪だ。一般に、生物学上の父親に当たる人物を、レイは酷《ひど》く憎んでいる。

「お父さんが拾ってくれたから、私は人間らしい生活ができるようになったんだ。救われたんだ。だからお父さんの役に立つためなら何でもする！　お父さんがお前を邪魔だと言えば、私はおまえを排除する！　それが私の全てだ！」

「都合のいい道具扱いされているだけじゃないか！　本当にそれでいいのか？」

レイが間合いを取って、足を止めた。

木刀をくるっと回してから、刃先で屋上の床を突き刺す。

ガンという音がして、刃先がコンクリートを砕いた。包丁のように見えたが、コンクリートを破壊できるほどの強度があるらしい。あれも金の力で手に入れた特注品か。

「……道具で、上等」

もう一度、レイが刃先をコンクートに打ち付けた。

「私は自分のことを、お父さんの道具だと思っている。道具はな、使ってもらえるうちは宝にもなれるんだ。……ただし、使えなくなったらゴミだ。だから、使ってもらうために、使い続けてもらうために、何でもする。使い続けてもらえる限り、私はお父さんの娘でいられる。居場所があるんだ！　居場所を守るのは、生物の本能だろ？」

夏休みに初めて会った時、レイが言った言葉を思い出した。

『──殴られても蹴られても、それが誰かの役に立つことなら平気。自分の存在意義を感じられるのって大事だよな』

普通は笑って話すことじゃないのに、レイは笑っていた。不思議なことに、強がりで言っているのではなく、本心だと感じた。──その勘は当たっていたらしい。

歪《ゆが》んでいる。

歪んでいるのに、そう信じている姿はあまりにも真っすぐで……俺の心に浮かんだ感情は、『憐憫《れんびん》』だった。

「──レイは、人に優しくされたことがないんだな」

「は？　……お父さんは優しいぞ？」

「それを優しさと呼んでしまう時点で、お前は本当の優しさを知らないんだよ、レイ」

シズカも以前、レイに言った。自分を酷《ひど》く扱うタイガを、それでも優しいと言うレイに向かって、『そういう人を優しいって言っていると、どんどん優しさのハードルが低くなって、本当は優しさと呼べないものまで優しさと呼ぶことになるんじゃないかな……』と。

あの時シズカも、レイを可哀想《かわいそう》だと思っていただろう。

シズカは優しいから。本当に、優しいから。

「本当に優しい人間は、大事な人に誰かの命を奪うことを望んだりしない」

「知ったような口を利くな……！　上から目線で物を語るな……！　お父さんは私に優しい！　私に優しくしてくれるのはお父さんだけ！　お父さんは私をゴミのように扱わない！　お父さんは私が嫌いじゃない！　嫌わないでくれるんだ!!」

「嫌いじゃないのと、好きで大事にしてくれるのは違う」

「ウルサイ!!　私はお父さんに嫌われたくないんだ!!　嫌われたら終わりなんだ!!　お父さんがいなきゃ、私はここにいない。お父さんがいなきゃ、私の世界は終わる。お父さんは私の世界の全て。お前には、こんな私の気持ちが分からないだろうな!!」

レイが地面を蹴って間合いを詰め、養父の願いを叶《かな》えたい一心で刃を振るう。

——世界の全てか。俺にもそう言うべき人がいるから、レイの気持ちは分かるよ……。

シズカ。

クラスで一番真面目で、優しい女の子。三バカトリオにパシられている俺を本気で心配してくれて、何考えているか分からないと言われがちな俺をちゃんと見てくれた。

初めて俺の心を動かした人……そして、初めての恋人。

シズカと一緒にいるようになって、俺の世界は変わった。

心が動くようになって、世界の見え方が変わった。

今まで見えなかった部分が見えてきた。

感情が表に出ず、いつも同級生の輪に馴染《なじ》めない俺を見ても口を出さなかった両親。でも本当は、とても俺のことを心配してくれていたんだと気づいたのは数か月前。シズカのおかげで少しずつ『楽しい』『嬉《うれ》しい』の気持ちを表に出せるようになった時、両親はちょっと泣きそうな顔で優しく微笑《ほほえ》んだ。

その表情が、随分長い間俺を心配していたことを物語っていた。

そんな両親を見て、じんときた。

俺は自分の心配事について考えているだけで、両親が自分をどんな風に心配しているか考えたことがなかったなと反省した。

動く、動く。

俺の感情が動くと、誰かの感情が動く。

誰かの感情が動くと、俺の感情が動く。

人の心は、こうして通い合っていくのだと知った。

生まれつき錆《さ》びついていた心の歯車をシズカが動かしてくれなかったら、俺はいつまでも両親の想《おも》いに気づけなかった。三バカトリオと本当の友達になれたのも、クラスメイトと普通に話せるようになったのも、シズカがいてくれたから。

俺はシズカに救われた。

だから誰かに救われたレイの気持ちはよく分かる。

救ってくれた人を世界の全てと考えて、この人のために生きたいと思う気持ちも分かる。

しかしだからこそ、レイの世界のために俺が死ぬわけにはいかない。

シズカを悲しませたくないから、死ねない——。

「死ね!!　臼井《うすい》アキラ!!」

——そうか。俺は恵まれていたんだな……。

刃を躱《かわ》し、隙をついてレイの木刀を蹴り飛ばしながら、ふと思った。

蹴り上げられた木刀が、回転しながら空に打ち上がる。

俺が今、温かくて優しい世界にいるのは、俺を救ってくれたシズカが温かくて優しい世界の人間だからだ。もしシズカが冷たくて暗い世界の人間だったら……俺もレイのようになっていたかもしれない。

「——タイガッ!!」

突然、レイが叫んだ。

今まで離れたところで傍観していたタイガが、猛然と俺に向かって突進してくる。

大きな拳が俺の肩に直撃した。

「ぐっ……！」

骨が砕けるかと思うような痛み。スピード型のレイの動きに順応していたため、パワー重視のタイガの動きを見誤った。

痛みで怯《ひる》んだ俺を、タイガが後ろから羽交い絞めにする。

逃れられない。抗《あらが》うが、ビクともしない。

背後のタイガに気を取られていた俺は、前から迫ってきた殺気に気づいて息を呑《の》んだ。

「潰《つい》えろ」

木刀を構えたレイが迫る。

心臓目掛けて、閃《ひらめ》く刃が走る。

——ここで死ぬわけにはいかない。潰えるわけにはいかない。

シズカも闘っている。シズカを置いて、先にいなくならないと誓った——。


————————ドスッ。

左の脇腹が裂けた感触があった。じわっと熱いものが溢《あふ》れる。

「う………」

低い呻《うめ》き声《ごえ》。俺を羽交い絞めにしていたタイガの力が抜けた。

今だ、とか考える間もなかった。

「がはっ!!」

レイを蹴り飛ばすと、レイの手から木刀が離れた。

しかし木刀は落ちない。木刀の先に生えた刃がタイガの腹に深々と突き刺さり、宙に浮いている。

「兄貴!!」

バクヤが叫んだ。

レイは俺を刺す気だった。しかし俺が寸前で躱《かわ》そうとしたため、刃は俺の脇腹を裂いてタイガに刺さった。俺に蹴り飛ばされたレイは尻もちをつき——チッと舌打ちした。

俺はレイに立ち上がる隙を与えず、レイの肩を掴《つか》んで屋上の床に押し倒す。

仰向《あおむ》けで押さえつけられたレイは、俺を見上げて咳《せ》き込《こ》む。

「ゴホッゴホッ……本っ当に役立たずだ……ちゃんと押さえてろってな」

「……お前は、タイガのことも道具としか見てないのか?」

「あぁ……そうだな」

「————っ!!」

一瞬、息ができなくなった。

レイの右手が、俺の左の脇腹を掴んでいる。容赦なく傷口に指を突き刺し、締め付けた。

脂汗が滲《にじ》んで、全身が強張《こわば》る。

「どうした？　さっさと私にトドメを刺さないと、この闘いは終わらないぞ。私は何度でもおまえを潰しに行く。今度こそおまえの彼女も殺すかもしれないなぁ!!　あぁでも、このままおまえの彼女は死ぬかもしれないんだっけ？」

脇腹から走る激痛が、思考回路を乱す。

湧き上がった怒りは止められず、振り上げた拳はレイを狙っていた。


――アキラくんっ!!


ダンッ。

レイは訝《いぶか》し気《げ》な顔をしたまま固まっている。俺の脇腹を握っていた手は、いつの間にか離れていた。

――俺の拳はギリギリでレイの顔面を外し、そのすぐ横のコンクリートを砕いていた。

心の中でシズカが、怒りに駆られた俺を止めてくれた。

この拳が当たっていたら、レイはただじゃ済まなかったと思う。

「シズカは死なない。必ず元気になる……」

「生温《なまぬる》いな。大怪我《おおけが》をさせられて入院している彼女さんは、私にトドメを刺さないおまえを情けないと軽蔑するだろうよ」

「レイのせいで大怪我をしても、シズカは復讐《ふくしゅう》を望まない。怨《うら》んで、その代償に命を奪おうと思わない。……俺がそのために手を汚すことを、シズカは求めない。俺がそれをやってしまったら、それによってどんなに平和になったとしても、シズカは喜ばない。シズカはそういう人だ」

「綺麗《きれい》ごとを抜かすな!!　おまえ、本当は私を殺したいほど憎んでいるだろう!?」

「どんなに憎いと思っても、シズカが望まないことを、俺はしない」

「おまえは分かってないな。私はな、おまえの彼女を巻き込まなくてもお前を潰す方法を考えられたんだ。なのに、どうして巻き込んだと思う？　おまえの彼女が個人的に大嫌いだったからだ!!　ただの私怨だよ!!　あの女に初めて会った時、虫唾《むしず》が走った!!　普通の家に生まれて、普通に育って、綺麗なものだけ見てきたんだろう!?　ムカつくんだよ!!　嫉妬と憎悪にまみれさせてやりたかった!!　絶望のどん底に落としてやりたかった!!　私は諦めない!!　警察に行こうが、いつか戻ってきてまたおまえを潰しつつ、あの女を――」

　首筋に手刀を打ち込むと、レイはそれっきり黙った。意識を失って、屋上の床に転がったまぐったりとしている。

手刀で気絶させる方法を教えてくれたのは師匠だ。下手すれば首の骨を折って、気絶どころか再起不能になるぞと脅されたことがあるが、上手《うま》くいったと思う。気絶しているが、レイの呼吸は止まっていない。

「シズカを恨みたくなるということは、レイだって本当は分かってるんだろう？　本当に人に優しくされるってことがどういうことか。レイのお父さんが与えるのが、本当に優しさなのか。全部分かってるから……レイはシズカに嫉妬したんだろう？」

レイからの返事はない。

──終わったか。

ようやくレイを止められて、気が緩んでしまった。一日中気が張っていて、限界が近かった。くらりと視界が揺らいだ時、俺にはまだ闘うべき敵がいることを忘れていた……。

──ドンッと体に衝撃を受けて、俺はバランスを崩し、床に転がる。

横から突撃してきたのは──バクヤ。俺をレイの上から突き飛ばしてきた。

さらに腹から刃を抜いたタイガが、血を滴らせながら突進してくる。

タイガの武骨な手が俺の肩を掴《つか》み、屋上のフェンスに押し付けた。

錆《さ》びてところどころ破れているフェンスが、俺の背中でギギッと鳴く。

「落ちろ……‼」

タイガの力と俺の体重に押されて、フェンスが歪《ゆが》んだ。普段は生徒が入れないように封鎖されているというだけあって、脆《もろ》い。このままだと、フェンスが壊れる。

フェンスの向こう側にはまだ幅五十センチほどのスペースがあるが、その先には暗闇が広がるばかり。はるか下まで地面はない。

――フェンスごと、落とされる……!?

だが、まだ勝機はある。タイガは腹の傷のせいで、上手《うま》く力が入らないようだ。こちらも必死で押し返すと、力は拮抗《きっこう》した。

「その傷で動けば命を縮めるぞ……。なんであいつのためにそこまでするんだ？　あいつは、お前を刺したんだぞ……！」

「なんで、だろうな……」

タイガがニヤッと笑った。引きつった唇から、ふーふーと荒い息が漏れている。

俺も大概だが、こいつも早く病院で治療を受けないと危険なレベルの怪我《けが》をしている。

しかしそれでもなお、タイガは俺を落とそうと最後の力を振り絞ってくる。

俺を最初に突き飛ばしたバクヤはどうしているのかチラッと確認すると、バクヤは気絶したレイを抱き起しているところだった。

「たいそうな、忠義だな……そこまでして……銀堂《ぎんどう》に尽くしたいか？」

「雅狼《がろう》も、銀堂も、どうでもいい……俺は……レイに尽くすと、決めた……これは、俺の意思だ！」

ぐぐっとタイガが俺を押す。ミシミシとフェンスが音を立てた。

俺は負けじとタイガを押し返す。

傷口を押され、またタイガの腹を足で押し返す。しかし、タイガが引くことはない。

決死の攻防を続けていると、屋上にリリリリリという電子音が響いた。

タイガの気が僅かに逸《そ》れる。手は緩めないまま、バクヤのほうを見た。

レイと一緒にいるバクヤが、スマホを操作して険しい顔をする。

「兄貴……!!　銀堂の家に、千天寺《せんてんじ》の奴《やつ》らと警察が乗り込んだって……!!」

「何っ!?」

タイガが動揺した。

勢いよく腹を蹴飛ばして突き放そうとしたが、すぐにまたタイガに掴《つか》まれ、ガシャンとフェンスに押し付けられる。

しぶとい。何としてもここから俺を落としたいらしい。

「バクヤ!!　レイを連れて屋敷に戻れ!!　こいつは俺が――」

タイガが叫ぶ途中――背後で、メキメキメキッというイヤな音がした。

フェンスの一部がついに壊れた。

体が支えを失《な》くす。

突然すぎて、俺を押していたタイガもバランスを崩した。

壊れたフェンスの一部が地面に落ちていく中――俺は咄嗟《とっさ》に屋上の縁《へり》を掴《つか》んだ。

しかしレイに切られた脇腹が突っ張り、全身に激痛が走る。

タイガも俺の隣で屋上の縁を掴んでぶら下がっているが、腹の傷が痛むのか今にも落ちそうだ。

「――――兄貴っ!!」

「俺はいいから、レイと一緒に行け!!」

まずい。バクヤとレイに逃げられてしまう。

脇腹の痛みを我慢しながら柵と縁の間のスペースに胸まで這《は》い上《あ》がり、まだ壊れていない柵の根元を何とか掴んだ。だが、タイガが片手で俺の腕を掴み、柵から引《ひ》き剥《は》がそうとしてくる。

「バクヤ!!　早く銀堂《ぎんどう》の家に行け!!　臼井《うすい》アキラは俺が殺《や》る!!」

「分かった……」

バクヤがレイを背負って屋上のドアに向かおうとする。

――しかし屋上のドアの手前で、バクヤの足が止まった。

「――――その必要はない」

「ぎ、銀堂マサムネ様……」

バクヤの声は震えていた。

白髪のオールバックの男が屋上に現れ、バクヤに歩み寄る。

バクヤは恐れたように、後退《あとずさ》った。

男はスーツの内ポケットから何かを取り出し、構える。

パンと一発、発砲音。

「うああああああああああああっ!!」

夜空をつんざくようなバクヤの悲鳴。

バクヤが倒れる。背負われていたレイも、屋上に落ちた。

屋上の明かりは薄暗くてよく見えなかったが、あの男が手に持っているのは小型の拳銃か。状況を見るために目を凝らしていると、タイガが切羽詰まった声で叫ぶ。

「おい……何があった……!?」

「……銀堂マサムネが現れて、バクヤが足を撃たれた」

「何!?」

タイガが必死に屋上に這い上がろうとする。そのせいで、掴まれた腕に負荷がかかる。

俺は柵から手を放さないように必死で耐えるしかない。

その間にも屋上では、銀堂が動いていた。

屋上の床に倒れたレイの近くにしゃがみ、パンと平手打ちをする。

「……起きなさい、レイ」

決して優しい起こし方ではなかった。何度もレイの頬《ほお》に平手打ちをする。

……すると五発目で、レイが体を起こした。

「お……父さん？」

「この役立たずが」

目覚めたばかりのレイにそう吐き捨て、立ち上がった銀堂《ぎんどう》がレイの腹を踏みつけた。

「うっ――――」

「お前がとっとと臼井《うすい》アキラを潰さずにもたもたしているから、千天寺《せんてんじ》が動き出したじゃないか!!　たった一人始末するのにどれだけの時間をかける気だ!?　お前を信じて任せたのに、私の期待を裏切りおって!!」

「ご、ごめんなさい！　お父さん、ごめんなさい！」

謝るレイを銀堂が蹴飛ばし続ける。レイは屋上の床で何度も転がった。

千天寺家の人たちと警察が銀堂の家に乗り込んだと、バクヤに連絡が来たばかり。しかし、肝心の銀堂はなぜか穴熊《あなぐま》高校の屋上にいる。

動きを察して、先に逃げ出したようだ。

今頃、当主のいない屋敷の中をシズハさんのお父さんたちが捜索していることだろう。

「もうすぐ、必ず、目的を達成します!!　だから、どうか、もう少しだけ待って……」

よろよろと体を起こし、レイが土下座する。

必死に懇願するが、銀堂は冷たく見下ろしていた。

「もうお前に用はない。この世を憎んだいい面構えをしているから、きっと役に立ってくれると思ったが、無駄だったな」

「ま、待ってください！　必ずお父さんのお役に立ちます！」

「ドブネズミの子どもが！　もう私はお前の父ではないわ!!　その汚い口で私をお父さんと呼ぶでない!!」

「――っ!?」

レイが顔を上げて、銀堂を見る。

自分の世界のすべてだと言っていた男に見限られ、レイが慟哭《どうこく》する。

「やぁああああああああああああああ!!」

レイにとって銀堂は世界のすべてでも、銀堂にとってのレイはそうではなかった。

代わりの利く道具。捨てられる瞬間は、あっけなくやってきた。

「私はここから海外に逃亡するよ。お前はここに置いていく」

銀堂が、レイにも拳銃を構えた。

「うおおおおおお待ちやがれえええええ!!」

タイガが吠《ほ》える。

どこからその力が湧いてきたのか、ぶら下がるだけで精いっぱいだったタイガが、ジリジリと屋上に這《は》い上《あ》がっていく。

俺も這い上がろうとするが、なぜか体が思うように動かなかった。動かそうとすると体の節々が軋《きし》む。俺より先に屋上で立ち上がったのは、タイガだった。

「ふざけるなふざけるなふざけるな!!　レイを何だと思ってやがる!!」

タイガは地獄の底からきた鬼のような形相で、銀堂《ぎんどう》に向かって突進する。——銀堂は冷静な表情で銃口をタイガに向けた。

——パンッ。パンッ。

「うおおおおおおおおおおおおおおおおおおおおお!!」

当たっているのか当たっていないのか、タイガは突進をやめない。

「まったく……雅狼《がろう》の息子はまるで獣《けもの》だな」

——銀堂に掴《つか》みかかる直前で、タイガの動きが止まった。

ズンと床に膝を突いてうな垂れる。

銀堂は拳銃を持っているのとは逆の手に、スタンガンを持っていた。

「獣を止めるには、電気が一番よ」

悠々とタイガを止めた銀堂が、再びレイに拳銃を向ける。

——あいつにレイを殺させちゃダメだ。

思うように動かない体を必死で動かし、何とか屋上に這い上がった。

しかし立ち上がるとすぐ、カクンと力が抜けてしまった。

脚に力が入らない。しゃがみこんだまま、動けない。

もう体が限界か。呼吸をする度に、心臓が痛む。

俺の存在に気づいた銀堂が薄ら笑いを浮かべた。

「あぁ、あんなところに臼井《うすい》アキラがいたのか。なるほど目的達成までもう少しとは本当だったらしい。……しかし、何もかも遅かったな。レイ、お前が馬鹿な騒ぎ方をしたせいで、千天寺《せんてんじ》が私を疑うことになったんだ。これではもう、しばらく日本には戻れんよ。私の生活を壊した責任を取りなさい」

ダメだ、止められない。

レイは泣くだけで、逃げない。現実を受け入れられず、ただただ混乱している。

「————させねえぞおおおおおおお!!」

動きが止まったはずのタイガがレイに覆《おお》いかぶさり、小さな体を包んで守ろうとした。

タイガも、もう動ける体ではないはず。しかし執念でレイを守ろうとしている。

「どうした？　もうそいつは銀堂の人間ではない。私がそう決めたのだから、お前がもう守る必要もない。それとも……レイに情でも湧いたのか？」

「――俺は、レイが好きだ……」

タイガがボソリと零《こぼ》した言葉に、耳を疑ったのは俺だけじゃない。銀堂《ぎんどう》も驚いたようだ。

ハァハァと辛《つら》そうな呼吸をしながら、タイガが銀堂を見上げて笑った。

「そして銀堂、お前が大嫌いだ。お前はクソオブクソだ。ドブのように汚いことばかりするくせに、自分の手は一切汚さねぇ。全部他人にやらせて……俺らの両親はお前の言いなり。汚いことばかりやらされて、もう汚いって感覚すら死んでる……！」

銀堂は何も言わない。

黙って、悪言を吐き捨てるタイガを見下ろしている。

「お前がレイを連れてきて、これからレイの命令に従えと言った日、俺はレイが可哀想《かわいそう》でならなかった。レイはお前に救ってもらったと思っていたが、違うだろ……。レイはもっと暗くて汚《きたね》ぇ世界に堕《お》とされたんだ‼　道具扱いされて、それを幸せと抜かすレイが可哀想で仕方なかった‼」

「……つまり、同情したということか？　レイもお前を道具のように扱っただろうに、まだ可哀想だと思えるのか？　変わった奴《やつ》だな」

「俺たちは仕方ねぇ……。お前の言いなりになるべき、呪われた家に生まれちまった。この家の呪いの中で、精一杯生きるしかねぇ。でも、レイは違うだろ……。レイは歪《ゆが》んでいった。目的の遂行のため、素性を隠すために、自分をパシリにしろと言い出した。殴れ、蹴れと命令しだした。嘘《うそ》がバレるからと、俺たちが手加減することを許さなかった。全部お前の役に立つため……レイは自ら傷ついて、お前の役に立てていると笑っていた。お前がレイを壊したんだ!!」

「レイのことを何も分かっていないな。レイは、それはそれは酷《ひど》い親と暮らしていた。私が拾ってあげなければ、レイはどれほど苦しんだだろうか。束《つか》の間《ま》の安らぎを与えただけでも感謝してもらいたいな」

「その親に金を渡して、『生まれた子どもに可能な限りの絶望を与えろ』と唆したのはお前だろう!?　従順な人形を手に入れるために、お前はレイの家族を……レイの人生を壊したんだ!!」

「……なんだ、そんなことまで知っていたのか。なるほど……そんな話を聞いてついつい同情してしまうとは、子どもだな。金を積まれたくらいで、自分の子どもを痛めつけられるような親なんだ。私が関与せずとも、レイがまともに育てられたはずないだろう？」

「金を積まれたくらい!?　どうせもっとあくどいことして脅したんだろうが!!　金を受け取って言うことを聞いたほうがマシだと思うことを!!」

「……それで同情して、さらに同情から恋情を生むとは滑稽な話だ。——そんなにレイを想《おも》う気持ちがあるのならば……レイと共に死ぬがいい」

「いいだろう、殺してみろ!!　死んだら真っ先にお前を呪って殺してやる!!　うちの家族も、レイも、みんなお前のせいで苦しんだんだ!!　楽に死ねると思うなよ!!」

「戯言《たわごと》を。自慢じゃないが、恨まれた数は星の数ほどあれど、死んだ後に私を呪えた者はいないな。私は今の今まで元気に生きているよ。残念だが、死んだ人間にそんな力はない。じゃあな」

「やめてくれ!!」とバクヤが叫ぶが、銀堂《ぎんどう》は目もくれない。

銃口をタイガとレイに向けて、引き金に指をかける。

――諸悪の根源は、銀堂マサムネ。私利私欲のために平気で人を利用するこの男は、レイの両親を利用してレイを不幸に叩《たた》き落《お》とした。優しさを知らないレイに手を差し伸べ、あたかも自分が救ったかのように思わせ、妄信させてきたらしい。

そしてタイガはその事情を知っていて、銀堂を信じてやまないレイに同情し、銀堂を憎んできた……

レイとタイガたちが俺とシズカを狙うようになったのも、銀堂マサムネのせい。狙うようになった原因も、シズハさんを誘拐できなかった逆恨み。

すべての原因を作ったのは、こいつだ。

――こいつをぶん殴らないことには、終わらない……!

立たないと。

立ち上がれ、最後の力を振り絞れ。

ここで、俺たちとあいつらの悲しい因果を断ち切るんだ。

「臼井《うすい》アキラ……」

俺が動いたのに気づき、タイガに拳銃を向けたまま銀堂がこちらを向く。

ふらりと体を揺らしながら立ち上がった俺は、顔を上げて銀堂を睨《にら》んだ。

「自分の思い通りにならなかったら八つ当たりして、自分の思い通りにならなかったものを捨てる……。お前のやってることのほうこそ、子供染みているんじゃないか……」

「お前もまだ懲りないか？　死に損ないが。もう立つのもやっとだろうに」

「レイはお前を何度も優しいと言った。お前は……一度でもレイに本当に優しくしてあげたことがあるのか？」

「それを聞いてどうしたいのかは知らないが……どうだったろうな。あぁ、そういえばレイの髪の手触りは好きだったんだ。私は道具の手触りにもこだわるタイプだから、髪を優しく撫《な》でたことがあるよ」

「お前に、レイの養父としての愛情は一片もなかったのか？」

「なかったよ。一片も。……聞きたいことはそれだけか？」

「あぁ……充分だ。レイの境遇には俺も同情したよ。タイガの想《おも》いにも同情できる部分があった。――――しかしお前には、同情の余地が微塵《みじん》もない」

俺の腹の底から沸々と何かがこみ上げてくる。

闘え。闘えと血が唸《うな》る。

心臓の鼓動が全細胞を鼓舞する。

屋上の床を踏みしめ、一歩前へ。

ズッ……と空気の色が変わる。

音が変わる。

匂いが変わる。

温度が変わる。

――――行ける。

床を蹴ると、グンと体が前に飛び出した。勢いのまま駆け、無造作に転がっていたレイの木刀を掴《つか》む。一瞬遅れて、銀堂《ぎんどう》も動いた。

「貴様の同情など要らんわ!!　くたばれ!!」

銃口がこちらを向く。だが遅い。

弾が撃たれるより早く、俺は木刀の先の刃で拳銃を穿《うが》つ。

「なっ――!?」

パンという音がしたが、弾が暴発した音か、それとも特別製の刃が拳銃を砕いた音か分からない。分からなくていい。――銀堂の攻撃を無効化した今は、反撃のチャンス。

木刀の柄のほうで銀堂の顎を突き上げると、銀堂の体が傾《かし》いだ。

「うぐッ――」


俺は木刀を捨てて、拳を握る。

ふっと力を抜きながら拳を引き、スピードを高めて放つ。

力をかけるのは銀堂に届く瞬間。

一気に筋肉を緊張させ、己の体重ごと打ち付ける――。


「――人の心を、命を弄《もてあそ》んだ報いを受けろっ!!」


「ぐあはぁッッッッッッッッ!!」

腹に打撃を受けて、銀堂の体が吹き飛ぶ。

何度も何度も屋上の床を転がり、滑り、屋上のフェンスの前でようやく止まり、仰向《あおむ》けで大の字に伸びた。

銀堂は起き上がらない。

屋上が静寂に包まれる。

数えきれないほど多くの人が銀堂を恨み、嘆きながら命を失ってきたと思う。

それでものうのうと私利私欲を尽くして生きてきた男は、俺みたいなただ喧嘩《けんか》が強いだけの高校生のせいで、野望が潰《つい》えるとは想像もしなかっただろう……。

冷たい夜風が吹いた。そういえばもう、明日には十月になるんだっけ。

俺の九月は、レイたちに振り回されて終わった。

さすがに精根尽き果てた……と言いたいところだが、ここで倒れるわけにもいかない。

俺はすぐにバクヤのところに向かう。

バクヤは撃たれた脚を庇《かば》いながら、怯《おび》えた目で俺を見上げた。

「スマホ、貸して」

「スマ……ホ？」

やや迷ってから、素直に差し出してくれた。

俺はスマホを受け取ると一一九のボタンをプッシュし、オペレーターに『穴熊《あなぐま》高校の屋上に怪我人《けがにん》が五人いる』と告げる。

俺が話している様子を、バクヤが眉根を寄せながら見ていた。

「――今から救急車が来る。そのままじっとしていたほうがいい」

電話を終えた俺はバクヤにスマホを返すと、ジャージの下に着ていたTシャツの裾を引き裂いた。細長い布切れで、バクヤの下腿《かたい》の傷口をきつく縛る。

「警察に連絡しなくていいのかよ……」

「シズハさんたちが警察と一緒に動いているんだし、俺が連絡しなくても、そのうち勝手に連絡がいくよ。……ありがとう。ビルでスマホを失《な》くしたから、持っている人がいて助かった」

「……」

バクヤは黙って目を逸《そ》らした。別に、スマホを失くしたのはお前たちのせいだと言うつもりはなかったんだけど、バクヤは気にしたのかもしれない。

バクヤの応急処置を終えると、次はタイガの下に向かう。

タイガはうずくまって泣いているレイを守るように抱きしめたまま、ふーふーと荒い息をしていた。

まだ生きている。しかし屋上の床には、タイガの血が染みている。

「――なんで……俺たちは、こうなっちまったんだろうなぁ……」

顔を上げず、レイを抱きしめたままタイガが言った。

「教えてくれよ……どこで間違った……？　俺たちは、生まれてからずっと、生きるために……精一杯頑張ってきただけじゃねぇか……。他に、どんな方法があった……？　最初から、真っ当に生きることを、許されなかった俺たちが……他にどうやって、生きれば良かった……？　俺には、レイを守る方法があったのか……？　こんなクソみたいな人生は捨てて、やり直してぇよ……」

やるせない怒りと悲しみ。

タイガとレイがもっと違う境遇に生まれて、もっと違う出会い方ができたら、この二人は普通に幸せになれたのかもしれない。

しかし、そんな『もしも』は、俺たちの世界線に存在しない。この世にいくつも並行世界があり、過去にどんなに分岐があったとしても、今の俺たちには俺たちの生きている世界しかない。

どうしてこうなってしまったのかなんていうのも、考えても無意味なことだ。……考えてしまう気持ちは分かるけど。

「……俺だって、シズカと付き合いながら普通の学校生活を送りたかった。時に喧嘩《けんか》して、仲直りして、そんな普通の生活で良かった。……なのに現実は、変なことに巻き込まれてばかり。現在シズカは手術中。俺は夜のヤンキー高校に乗り込んで、ヤンキーたちと決闘。意味わかんないって、俺も何度そう思ったか分からないよ」

心苦しさに、俺がシズカを好きにならなければ良かったと思った。そうすれば、シズカは巻き込まれなかったとも。

でも……二度とそう思わないと決めた。

病室で、荒木《あらき》さんが叫んだ言葉を忘れられない。

『──お前、今まで何見て生きてたんだよ⁉ シズカがどれだけお前のこと大好きか、見てなかったのかよ⁉ お前と両想《りょうおも》いになれて、どれだけ幸せそうにしてたか、見てなかったのかよ⁉ なかったことにしたいのかよ‼ シズカの幸せまで、なかったことにしたいのかよ⁉』

辛《つら》く苦しいこともあったけど、俺たちの間には確かに幸せがあった。

シズカを大事に想っていた俺の気持ちも、俺を好きでいてくれたシズカの気持ちも、なかったことになんてしたくない。

もし全てなかったことにしたとして、やり直した道の先でシズカを幸せにできるのか。

俺が好きにならず、シズカも俺と付き合うことがなかったとして、その世界で幸せに生きるシズカは俺が幸せにしたかったシズカなのか。

違う。

俺が今幸せにしたいのはこの世界にいるシズカで、この世界にいるシズカを幸せにできるのは、ここにいる俺だけだ。

あの時こうすれば良かったと考えるだけじゃ、現状は良くならない。

後悔に囚《とら》われちゃいけない。

現状に納得できないなら少しでも未来を良くするために、現在の自分が足掻《あが》くしかない。

俺はタイガとレイの近くにしゃがむと、タイガに声をかけた。

「過去は変えられない。俺たちが進めるのは、明日しかない。……もうすぐ救急車が来る。死ぬな、生きろ、タイガ。耐えろ、レイとバクヤのためにも」

タイガの傷は、俺の応急処置でどうにかなるレベルじゃない。あとはタイガの生命力次第だ。

「銀堂《ぎんどう》も、雅狼《がろう》も終わりだ……千天寺《せんてんじ》が動いているんじゃ、裏でもみ消すってのもさすがに無理だろう……。今までの悪事も明るみに出て、かなりの数の逮捕者が出る。……俺が生きている意味はあるのか……？」

「……あるだろう。銀堂も雅狼も終わるから、お前たちが新しい人生を始められる」

タイガがふっと笑った。

「新しい人生か……。お前とお前の彼女を殺そうとした俺たちに、再起のチャンスを与えていいのか？」

「………シズカなら絶対に、罪を償って反省してやり直せって言うから」

「そんな甘いこと言って……俺たちがまたお前らを狙いに行っちまったらどうするんだ？」

「その時はまた返り討ちにして、俺がシズカを守る」

「お人好《ひとよ》し共が……」とタイガが呟《つぶや》く。しかしすぐに、軽く首を横に振った。

「いや、違うな。臼井《うすい》アキラ、お前はもっと慎重で、徹底した奴《やつ》だ。お前なら、俺たちを再起不能なまでに叩《たた》き潰《つぶ》し、二度と復讐《ふくしゅう》しようなんて思えないようにすることも可能だろう。お前は、本当は悪魔にでも魔王にでもなれる奴だ。………でもそうしないのは全部、お前の世界の中心にいるのが、彼女だからなんだろうな……」

シズカは正義感と責任感が強くて、真面目、何事も一生懸命で全力投球。みんなの幸せを願っていて、人の世話を焼くのが好きで、困っている人を見ると放っておけない。人に優しく生きていたら、人に優しくしてもらえると信じている。

もちろん、世の中にいるのは優しくしても優しさで返す人ばかりじゃない。シズカの優しさを優しさと捉えない人もいる。余計なお世話だと言う人もいる。

そういった人たちとぶつかって悩み、心乱して葛藤しながらも、やっぱりシズカは人に優しく生きている。

甘いかもしれない。お人好しかもしれない。

世の中綺麗《きれい》ごとだけじゃ生きていけないし、こう考えられるシズカはただ恵まれているだけなのかもしれない。

きっとシズカの生き方を馬鹿にする人もいる。嫌う人もいる。

でも俺は、そんなシズカの生き方に救われた人間だから……シズカが望むものを応援したいし、シズカが望まないことをしたくない。


「――うん、そうだと思う」


――タイガに抱きしめられながら、レイはずっと泣いていた。

銀堂に突き放されてから、タイガと銀堂の会話を聞き、自分の知らなかった真実も知って心がぐちゃぐちゃになっているんだろう。心の傷は深く、回復するまで長い時間が必要になるかもしれない。

でも、レイが一番求めていた『優しさ』は存外近くにあった。

タイガ……そしてバクヤも、レイに優しくしたいと思っていた。

レイにもそれは伝わったはずだ。

レイの手は、しっかりとタイガの腕を掴《つか》んでいたから……。


その後、救急車が到着。ほぼ同時刻に、千天寺《せんてんじ》家の人やら警察やらが穴熊《あなぐま》高校に集まり、銀堂《ぎんどう》とタイガ、バクヤ、レイ、そして俺の五人全員が病院に運ばれた。

俺以外の四人は、俺とは別の病院に運ばれたようだ。

そして俺も、ようやく病院のベッドに収まった。

予想通り、お医者さんにも看護師さんにもめちゃくちゃ怒られた。こっそり病院を抜け出した上に、怪我《けが》をグレードアップさせて帰ってきたのだから、怒られて当然なんだけど。

「あの……シズカの手術は……？」

「成功しましたよ。あなたが病院を抜け出している間にね」

「すみませんでした………」

――でも、良かった……。
それを聞いたら安心して力が抜けてしまった。
今度俺が目を覚ましたら、シズカも起きているだろうか。
会いたい。早く会いたい。
俺の名前を呼んでほしい。
レイやタイガたちに何があったのか、話を聞いてほしい。
――そしてまた、何でもない普通の生活を、君と送りたい。

シズカったら…
突然入院だなんて心臓止まるかと思ったわ…
!
もしかしてシズカちゃんのお母様ですか!? 私 アキラの母です!
え!? アキラくんの!?
シズカちゃん大丈夫ですか…?
はい それよりアキラくんのほうが…
あぁ 大丈夫ですよ
息子は
シズカちゃんを悲しませるようなことを絶対にしませんから
臼井家…安心して嫁がせられるわ…!
ふぁぁ…
母は結婚に賛成な件

第六章　パシられ陰キャが、止まらない件

長く長く眠っているような気がした。

何度も目を開けようと思ったのだけど、黒い世界と白い世界を行き来していて、一向に夢の終わりに辿《たど》り着《つ》かなかった。

でも、もうそろそろ起きたい。誰かが俺を待っている気がする。

誰が待っているんだっけ……？

「——アキラくん」

そう、この優しい声。俺の好きな声だ。

額に何かが触れる。あぁこの優しい手……この手も知っている。俺の好きな手だ。

前にもこんな風に撫《な》でてもらったことがあった。

俺が熱を出して、お見舞いに来てくれた時だ。懐かしい。

数か月前の話なのに、何年も前のことのように思えてくる。

これは、当時を懐かしむ俺の記憶が作った夢だろうか……。

「アキラくん」

違う。起きなきゃ。

呼ばれている。
俺が起きるのを待っている人がいる。寝ている場合じゃない。
この夢がいくら幸せなものでも、俺は目を覚まさなきゃいけない。
ずっと会いたいと思っていた人が、すぐ近くに来ているはずだから……。

目を開けた時、眩《まぶ》しいなと思った。
明るい。窓の外に青い空が見える。鳥が鳴きながら飛んでいく。
──今、何月何日の何時だ……？
現在の日付と時間が分かるものを探そうとして、俺は思わず何度も瞬《まばた》きをした。
ベッド脇の椅子に腰かけたまま、眠っているシズカがいる。
着ているのは病院の患者衣で、髪も結っていない。
──シズカ……。
手を伸ばそうとしたら、手が動かなかった。
シズカが俺の手を固く握っていた。握ったまま、眠っている。
しかし俺が手を動かそうとしたことに気づき、シズカがふっと目を開いた。
虚《うつ》ろな表情であたりを見回し、俺をじっと見る。

「――――おはよう、シズカ」

「アキラくん…………？」

「うん」

シズカの目から、大粒の涙がポロポロ零《こぼ》れる。

「ア……キラ……く……っ」

泣いているシズカを見て、胸が詰まった。

堪《たま》らずベッドから飛び起きるとシズカを抱きしめる。

「シズカ……良かった………」

言いたいことはたくさんあるはずなのに、そこで言葉が詰まった。

喉に貼り付いて、言葉が出てこない。

込み上げてきた言葉が多すぎて、喉元で渋滞したみたいだ。

感情の波が押し寄せて、言葉を追い越していく。目と鼻の奥が熱い。

喋《しゃべ》れない。喋ろうとした声は、呻《うめ》き声《ごえ》のようになってしまった。

溢《あふ》れたのは涙。

今まで涙が流れることを頑《かたく》なに堰《せ》き止《と》めていた何かが、崩壊したようだ。

止まらない。止められない。

「アキラくん………大丈夫だよ。私、大丈夫だよ……もう大丈夫だよ……。心配かけて、ごめんね……大丈夫だよ……」

泣いているシズカを慰めたかったはずなのに、いつの間にかシズカが俺を慰めていた。

「もう大丈夫だよ……」

シズカが俺を抱きしめてくれる。シズカの患者衣の肩がどんどん濡《ぬ》れていく。

今まで何があっても泣かなかったのが嘘《うそ》のようだ。

なんだ、俺もこんな風に泣けるんじゃないか、と冷静な自分が心の中で呟《つぶや》いた。

――またシズカが、俺を動かしてくれた。

一つ一つ丁寧に、俺の心を動かしてくれる。

心が動く度に、シズカを愛《いと》しく思う気持ちが増す。

大事にしたい、失《な》くしたくない。

「……生きていてくれて、ありがとう……」

ようやく言葉にできた。

何度も縋《すが》るように抱きしめ合い、お互いの存在を確かめ合った。

抱きしめて、抱きしめられて、自分の命を感じた。

生きている。大好きな人がここにいる。

きっとシズカは大丈夫だと信じていた。でも、もしかしたらと思う気持ちが無くせなかった。タイガに「生きろ」と言い、レイたちとやり直すことを望む言葉を口にしたが、

それはシズカが無事であることが前提の言葉だ。シズカに何かあったら、俺の世界も壊れて、タイガたちを許す道はなくなる。そうなったらどうする……と心の隅で考えていたけど、もう考える必要はない。

シズカがいる限り、俺は優しい世界で生きられる。

「アキラくんこそ……生きていてくれてありがとう。もう、三日も目を覚まさないから心配しちゃったよ」

「ごめん……全部終わって、シズカの手術が成功したって聞いたら、安心して……。本当に、シズカが生きていてくれて良かった。怪我《けが》の調子はどう?」

「背中がちょっと裂けたみたいで縫ってもらったんだけど、ひどい怪我じゃなかったんだよ……私、まだアキラくんと一緒にやりたいことがたくさんあるから、死なないよ」

「……俺も、シズカと一緒にやりたいことがたくさんある」

どちらからともなく抱き合った体を離して、どちらからともなくキスをした。

体のエネルギーも心のエネルギーも、底を突くまで闘った。

空っぽになったところが、シズカを求めてやまない。全部シズカで満たしたくなる。

思わず何度も何度もキスしたらシズカが逃げようとしたので、離れないようにシズカの後頭部を押さえたら手をバタバタして猛抗議された。

「……どうしたの?」

しれっと聞いてみた。

シズカは顔を真っ赤にして、ハァハァと呼吸をしている。

ちょっと苦しかったのかもしれない。

でもそんなシズカを見て、俺は『かわいいな』と思った。

ガタッと椅子からシズカが立ち上がる。

「ここ、病院！」

「うん、知ってる」

「アキラくん、絶対安静だって！」

「うん………」

シズカが暴れなければ、俺は安静な状態のままキスできるのだけど。

そう言ったらさすがにシズカが怒って病室を出て行ってしまいそうなので、我慢する。

さすがに、病室から出て行くシズカを追いかけられるほど回復していない自覚がある。

「………そういえば、シズカに聞いて欲しい話があるんだ。レイと、タイガたちのこと」

話題を変えると、冷静さを取り戻したシズカが再び椅子に座った。

まず俺は、レイの正体とシズハさん誘拐未遂事件の真相。そして穴熊《あなぐま》高校の屋上であったことをシズカに説明した。シズハさんの誘拐に失敗したことで銀堂《ぎんどう》が俺を恨み、レイは養父である銀堂の願いを叶《かな》えるために俺を潰そうとしていたこと。そしてレイの悲しい生い立ち。タイガの想《おも》い。思い出せる限りのことをシズカに伝えると、シズカは切ない表情をし、膝の上でぎゅっと手を握った。

「銀堂《ぎんどう》マサムネって人が逮捕されたってニュースは、連日テレビで放送されているよ。それからアキラくんが寝ている間に、シズハさんから誘拐未遂事件の真相とだいたいのことは聞いていたんだ。でもそっか……レイさんには、そんなに辛《つら》い過去があったんだね……」

「タイガとバクヤも、レイも、みんな銀堂に振り回されていただけだった」

「そっか……なんだかそんな話聞くと、同情しちゃうね」

「うん。俺も同情したよ。特に、……レイには。俺、レイの気持ちがよく分かったんだ」

「レイさんの気持ち？」

「うん、救ってくれた人のために何でもしてあげたくなる気持ち。自分の世界の全てだと思う人のために尽くしたくなる気持ち」

シズカが「ん？」と首を傾《かし》げる。

俺はシズカの頬《ほお》に手を伸ばし、ふにふにと摘《つ》まむ。

手に巻かれた包帯が当たるせいか、いつもよりシズカが体をもぞもぞさせた。

「あ、アキラくん……？」

「……例えばシズカが世紀の悪女で、世界を滅ぼすことを企《たくら》んでいたら、俺はシズカと一緒に世界を滅ぼすと思うんだ」

「え？」

「俺はシズカのために何でもしてあげたいと思っちゃうし、望むことは全部したい。シズカが世界を滅ぼしたいって言ったら、俺は褒めてもらいたくて何でも頑張っちゃうと思うんだよね。……銀堂を妄信して尽くそうとしたレイと俺は、根っこの部分が似ているんだ」

「いや、仮に私が世界を滅ぼそうとしていたら、アキラくんは止めてよ？　大事に想うからこそ、道を踏み外さないように止めてあげるのも愛情だよ？」

「うん……シズカなら、そう言うよね。だから俺は、出会ったのがシズカみたいな優しい人で良かったと思う」

「そ、それは良かったね……」

頬をふにふにされすぎて恥ずかしくなってきたのか、俺の手をぎゅっと押さえてきた。

シズカの頬と手の間に挟まれて、俺の手は止められてしまう。

「でもこれで全部解決したんだね……。穴熊《あなぐま》高校の人たちも、アキラくんを狙うことはなくなるだろうし、タイガやバクヤもいなくなって大人しくなりそう。シズハさんを誘拐しようとした犯人も捕まったし、めでたしめでたしかな？」

「うん……でも、新しい問題が生まれたかも」

「え？　何？」

「シズカが好きすぎて、やっぱりキスし――」

「絶・対・安・静!!」

「……………………………………はい」

怒られてしまった。

両手を掴《つか》まれ、ベッドの上に戻される。

シズカの頬《ほお》をふにふにできなくなった俺の手が、寂しそうだ。

特別製の強化ガラスやら腹黒オヤジやら、つまらないものばかり殴ってきた俺の手は、すごく癒《いや》しを求めているのに……。

「ごめん……でも、俺、精根尽き果てるまで闘った後なのに、シズカに会ってキスしたら元気になったから、キスすると回復が早いと思うんだよね……」

「う………」

たじろぐシズカ。

「うぅぅぅ」と小さく唸《うな》りながら、悩んでいる。

俺はその様子をじーっと見守った。

目を閉じて体を横に揺らしながら、シズカが葛藤している。

そしてぎゅっと目を閉じて下を向いた後、おずおずと顔を上げた。

上目遣いにチラッと俺を見て、口を尖《とが》らせる。

「も……もう一回、だけだよ?」

「うん」

その一回で、今までの十倍の時間をかけたので、俺はまた怒られた。

◇

爆発したビルの中で、落ちてきた天井の欠片《かけら》からアキラくんを守ろうとした私は、背中に裂傷を負った。病院に運ばれた私は背中の縫合手術を受けたけど、命に別状もないし、そんなにひどい怪我《けが》ではなかったそうだ。

運が悪いことに破片の尖ったところが背中を擦《かす》って怪我をした。でも運が良いことに破片は擦っただけで、打撲もほぼなく、骨も内臓も無事だったらしい。

……だから目を覚ましてからヒロミや三バカトリオと話した時、私が死ぬと思ったと聞いてちょっと申し訳ない気持ちになった。ビルで気絶しちゃって、意識不明のまま運ばれてきた話が途中でどうにかなって、瀕死《ひんし》の私が病院に運ばれたことになったんだと思う。

気絶しちゃったのは、背中の怪我よりもっと前に……いろいろあって疲れちゃったのが原因だった。脱出途中で気絶してしまって、アキラくんにも、とてつもなく心配をかけたと思うから、本当に申し訳なかった。

というわけで、私は入院から五日後に退院した。

言うまでもないけど、アキラくんの怪我《けが》のほうが酷《ひど》かった。

でもアキラくんの回復力は驚異的で、私の退院から五日後に退院できることになった。

病院の先生が「普通はこんなに早く良くならないんだけどね……普通は」とブツブツ言っていたらしい。

銀堂《ぎんどう》家と雅狼《がろう》家、そしてその関係者は、連日のように逮捕の報道がされている。タイガに従っていた穴熊《あなぐま》ヤンキーたちは、ほぼほぼ見逃してもらえたようだが、事件に関わった程度によっては何かしらの処分を受ける可能性もあるという話だ。

レイさんやタイガたちはどうしているだろうか。まだ傷を癒《いや》すためにどこかの病院に入院しているのだろうか。傷が治った後はどうなるんだろうか。

きっともう、私が知ることはできない。

でもアキラくんの話を聞いた時、タイガたちなら、新しい生き方ができるように頑張るんじゃないかと思った。そうであってほしい。

いつかどこかで、三人で笑って暮らしてくれたらいいな……。

入院中、お見舞いに来てくれたヒロミにそう言ったら、「自分を殺そうとした相手が笑って生きてていいのかよ?」と聞かれた。

「私もアキラくんも無事だったからいいかな」と返すと、「お人好《ひとよ》し」って言われた。

でも、今回はお人好しでいい。

これでアキラくんが再起不能の怪我をしていたら、またどう考えるべきか悩むんだろうけど、アキラくんも大丈夫だったのだからこれ以上考えないことにした。

生きていればいくらでも苦難はある。さらにタイガたちは事あるごとに、昔の過ちや事件のことを思い出して苦悩するだろう。逮捕歴だってあるし、決してラクな生き方はできない。私が何を願わなくたって、タイガたちは業に苛《さいな》まれる。

だから私はせめて、彼らが更生した先に、更生して良かったと思える幸せがあればいいなと思う。

私は退院してから学校に行けるくらい気持ちと体が回復するまで、時間がかかっていた。

そうこうしているうちに、退院後、自宅安静していたアキラくんも学校に復帰できることになり、私も思い切ってアキラくんと同じ日に学校に行くことにしたのだ。

アキラくんが同じ教室にいるだけで、なんとなく安心できるから。

——そして十月の半ば、私は久しぶりに登校した。

「委員長、怪我大丈夫？」

「背中、怪我したって聞いたよー？」

「まだ痛むの？」

私たちが入院している間に十月が来て、学校に復帰した時にはみんなブレザー姿になっていた。半月休んでいただけなのに、衣替えで教室の雰囲気がだいぶ変わっていたから、もっと長く休んでいた気分になる。

朝、私は心配して声をかけてくれたクラスメイトに、なるべく明るく返事をした。

「うん、大丈夫だよ。心配してくれてありがとう」

「無理しないでよ？」

「学級委員の仕事とか、手伝うから何かあったら言ってね？」

「ありがとう……」

みんなが優しく気遣ってくれるから、ちょっと涙が出そうだ。

「――おはよう、委員長」

「あ、おはよう、臼井《うすい》くん」

教室の後ろのドアから入ってきたアキラくんが、廊下側の一番後ろの席に座っている私に挨拶してくれる。治療のために休んでいる間も、アキラくんとは毎日連絡を取り合っていた。でも、こうして顔を見るとホッとする。

アキラくんも久しぶりのブレザー姿。きっと服の下には包帯やら湿布やらがたくさん貼ってあると思うけど、ブレザーを着ているおかげで分からない。だからまだ包帯を巻かれている右手が目立っていた。

「うすいー。あんたも大怪我《おおけが》したんでしょ？　大丈夫なのー？」

私を心配してくれていたクラスメイトが、アキラくんにも声をかける。

アキラくんは「うん」と軽く返事をした。

「でも臼井さー、ちゃんと委員長のこと守んなよね。彼女を怪我させちゃダメじゃん」

「……はい」

クラスメイトに叱られて、アキラくんが一瞬でずーんと落ち込んだ。

「ままま待って待って!!　アキラく……ううう臼井くんは、すごくいっぱい守ってくれてたんだよ!!　本当に!!」

「そこもう言い直さなくていいよ。みんな知ってるんだから名前で呼べば？」

「……はい。あの、でも、お願いだからアキラくんを責めないでほしいなぁ……」

アキラくんがいなかったら私はとっくにあの世に行っているレベルの事件だったし、アキラくんはものすごく体を張ってくれた。それをアキラくんが『ちゃんと守らなかったから怪我した』と認識されるのは、私もイヤだ。

多分みんな、どれだけすごい事件が起きていたか分からないからそう言っちゃうんだろうけど。……本当に想像を絶する、理解しがたい大事件だったんだよ。

でもクラスメイトの追及は止まらない。

「だけどさぁ、委員長の背中の怪我、痕が残ったら水着とか着にくくならない？」

「そうだよ。委員長が背中の傷のせいでお嫁に行けなくなったらどうするのー？」

「そうだそうだ。責任取れ」

「ちょっと、ヒロミ!?」

「そうだそうだ。責任取れ」と言ったのは、いつの間にかうちのクラスの女子に混じっていたヒロミだった。ヒロミは事件の壮絶さを知っているんだから、アキラくんが責められるべきじゃないと知っているのに、もう……。


「――――うん、俺がシズカと結婚するから大丈夫」


シン……と教室が静まった。

私は瞬《まばた》きもできず、固まった。

発言者のアキラくんは、何を考えているか分からない顔をしている。

――え？　何？　何考えてるのアキラくん？　ちょっと待って、何？　その顔は何を考えている顔なの!?

……三秒くらい教室の時が止まったみたいだったが、いきなり女子がキャアアアアと黄色い悲鳴を上げ始めた。

「聞いた？　シズカって言った!!　臼井《うすい》がシズカって言った!!」

「ヤバっ!!　うちのクラスで結婚が決まるのが一番早いのは委員長だった!!」

「待って待って!!　二人はもう結婚の約束してたってこと!?」

「え？」

結婚の約束は…………………………してない、はず。

もちろん私はアキラくんが大好きだし、結婚したらどうなるかなとか寝る前に考えないこともないし、結婚したいなって思う気持ちがないと言ったら嘘《うそ》になるけど、私たちってそこまで約束してたっけ？

真っ赤になってオロオロしている私を見ながら、アキラくんが「あれ？」と言うように首を傾《かし》げている。もしかしてアキラくん、今、爆弾発言したことに気づいてない!?

「――おいおい恋愛初心者アキラくんよ。結婚ってのは双方の意思がないとできないんだぜ？　オメーが結婚するから大丈夫って思ってても、相手がオメーと結婚する気がなかったらどうすんのかな？　ちゃんとそこは確かめてあんのかな？　んん？」

唐突に現れたデンくんが、アキラくんの肩にポンと手を置く。

「あ……」とようやく何かに気づいたアキラくんが、顔を赤くした。

「ごめん、いや、今のは、あの、強制するつもりじゃなくて、もちろんシズカが良かったら、俺は結婚したいと思っているってだけの話なんだけど」

慌てたアキラくんが、さらに凄《すご》いことを言い出した。

教室内に女子たちの黄色い声と、男子たちの囃《はや》し立《た》てる声が飛び交う。

俺は結婚したい……。

俺は結婚したい……？

俺は結婚したい……!?

ハッキリ言った。学校なのに、クラスメイトの前なのに、ハッキリ言った!?

「待ってアキラくん！　久しぶりの登校なのに、これ以上非日常な展開が来ると対応しきれない!!」

「ご、ごめん」

テンパった私はアキラくんがこれ以上爆弾発言しないように釘《くぎ》を刺したが、デンくんはここぞとばかりに追撃してくる。

「おやおや委員長？　みんなの見ている前で自分の気持ちを口にしたアキラくんに、自分の気持ちを聞かせなくていいんですかー？　っていうか委員長の怪我《けが》はアキラが責任取るべきだけど、アキラの怪我は委員長が責任取るべきだよな？　委員長を守って作った傷がある体で、別の女と結婚できるか？」

「え…………………はっ!?」

いやはや、確かに。好きになった男の人の体に盛大な古傷があって、「昔、好きな人のために闘った時の傷痕だよ」とか言われたら、困惑する。「そんなに体張るくらい好きだったのなら、なんでその人と結婚しなかったの？」ってなるよ。古傷見る度に、他の女の人の影がちらつくよ。

もしかしてアキラくんってもう、私としか結婚できない体になっている……⁉

「ほら……責任取って、アキラくんと結婚しますって言ってやれよ……」

Dと書かれた黒マスクの悪魔が、私を唆す。

「そうだぞー。委員長に振られたら、アキラは一生独り身だー」

気づけば、Qと書かれたキャップを被《かぶ》った悪魔もいた。

「ここまで頑張って委員長を守ってきたのに、結婚できないなんてアキラが不憫《ふびん》なんだな」

知らぬ間に近づいていきていた、頭にNの剃《そ》り込《こ》みが入った悪魔も脅してくる。

「いや、でも、ここ、学校で、教室で、みんなの前で……」

今、私の頭からは湯気が出ているんじゃないだろうか。頭に卵乗せたらゆで卵ができると思う。

――キーンコーンカーンコーン。

朝のホームルームの時間を告げるチャイムが鳴り、私はすかさず叫んだ。

「ホームルームの時間です!!　席に着いてください!!　ヒロミは教室に戻りましょう!!」

「いや、まだ先公来てないし……」

「来てなくても、チャイムが鳴ったら行動!!　むしろ五分前行動推奨!!　席に着いてくーだーさーいっ!!」

必死に叫ぶ私を見て、クラスメイトがクスクス笑いながら席に向かう。三バカトリオも呑気《のんき》に、「あー楽しかった」とか言いながら離れていくし、ヒロミは「じゃあ続きはまた後で！」と元気に言って教室を出ていった。

――後で⁉　後でまたこの話の続きをするの⁉　久しぶりに学校に来て、ようやく普通の学校生活が送れるようになると思っていたのに、何でこうなるのぉぉぉぉ!!

恥ずかしすぎて悶《もだ》えていると、ふふっと笑う声が聞こえた。

「まだ席に着いてない人がいる!!」と思ってキッと振り向くと、笑っていたのはアキラくんだった。

「笑い事じゃないよ!!」

「ごめん……ふふっ」

「もう笑っちゃダメ!!」

「ふふっ、うん、了解」

――まだ笑っているアキラくんと、アキラくんに怒っている私を見て、クラスメイトがニヤニヤしている。すごく恥ずかしいのに、「臼井《うすい》が笑ってるー」とか「臼井、幸せそう」とか「仲いいな」って言われてちょっと嬉《うれ》しいって思う自分もいて戸惑った。

嬉しいって……それじゃあ私が、アキラくんとの仲の良さを見せつけたいみたいで変だ

と思うんだけど。やだ……私は一体どうしたいんだろう。

――やっと迎えられた穏やかな学校生活は、胸がドキドキする中で始まった。

命を狙われて死にそうになったこととか、アキラくんが命懸けで闘っていたこととか、全部夢の中のお話だったみたいに平穏な世界だ。

これから自分の将来のことを悩んだり、アキラくんとの将来のことを考えたりするのかな……と考えて、また脈が上がってしまった。

ちょっとこれは今考えるの無しで!!

闘いの終わりは、私たちの新しい生活の始まり。

闘いの中でまた一段と深まった私とアキラくんの絆《きずな》は、どんな未来に続いているんだろう。

未来のことなんて、今の私たちには分からない。

でも――未来は期待と遠からぬ場所にある予感がしていた。

あとがき

パシられ陰キャが実は最強だった件三巻のあとがきへようこそお越しくださいました。マリパラです。こんにちは。

二巻発売からずっと「実は〇〇で最強なんです」と言えるものを探していたのですが、見つからないまま三巻になりました。逆に、最弱と言えるものを思い付きました。夏に最弱なので、この本が発売される頃、きっとマリパラは溶けております。

さてさて今回、最強陰キャ・アキラと真面目委員長・シズカのラブストーリーの続きを書かせていただくことができました。より闘いは激しく熱いものになり、二人の想《おも》い合う姿も熱いものになりましたね。今までのあれやこれが全部繋《つな》がった先のお話ですので、一巻、二巻を楽しんでいただけた読者様には、きっと楽しんでいただけるのではないかなと思っております。

三巻の制作にあたり、担当編集様、漫画エンジェルネコオカの運営の皆様には、引き続き大変お世話になりました。いつも応援してくださるチャンネルクリエイターの皆様にも感謝しかありません。

本書の章末漫画や動画版で作画を担当されている六位《ろくい》調《しらべ》先生、声を当ててくださる狛《こ》茉璃奈《まつりな》様、パシラれ陰キャシリーズの動画編集を担当くださっているOk:i:i様、いつもありがとうございます。

そして、小説版のイラストを担当してくださった、ふーみ先生。水に濡《ぬ》れたアキラのかっこいい表紙や、シズカの水着姿の眩《まぶ》しい口絵等、今回も素敵なイラストの数々をありがとうございました。

一巻、二巻はＹｏｕＴｕｂｅチャンネル漫画エンジェルネコオカ様で連載中の漫画動画のストーリーを膨らましたお話でしたが、三巻は動画版にないお話になっております。同様にチャンネルのほうでは小説になっていないお話もございますので、小説版からシリーズを知った方は、ぜひ漫画動画版のほうもチェックしてみてください。

最後に……この本をお読みくださったすべての皆様に、感謝しております。

ツイッター等で感想を書いてくださる皆様も、本当にありがとうございます。ご感想いただけると溶けたマリパラが復活しますので、是非よろしくお願いいたします。

ちなみにツイッターで自身の活動について報告しておりますので、よろしければ『マリパラ』で検索してみてください。美人なお姉さんの頭に乗ったカピバラがいたら、それが私です。上のカピバラが本体です。（なおこちらのイラストは、動画版パシられ陰キャの作画を担当されている六位《ろくい》調《しらべ》先生に描いていただいたものです）

また皆様に、本を通じて会えるご縁がありますように。

ファンレター、作品のご感想をお待ちしています

あて先

〒102-0071　東京都千代田区富士見2-13-12
株式会社KADOKAWA　MF文庫J編集部気付
「マリパラ先生」係　「ふーみ先生」係　「六井調先生」係

読者アンケートにご協力ください!

アンケートにご回答いただいた方から毎月抽選で
10名様に「オリジナルQUOカード1000円分」をプレゼント!!
さらにご回答者全員に、QUOカードに使用している画像の無料壁紙をプレゼントいたします!

■ 二次元コードまたはURLよりアクセスし、本書専用のパスワードを入力してご回答ください。

http://kdq.jp/mfj/　パスワード　**f5kwz**

- 当選者の発表は商品の発送をもって代えさせていただきます。
- アンケートプレゼントにご応募いただける期間は、対象商品の初版発行日より12ヶ月間です。
- アンケートプレゼントは、都合により予告なく中止または内容が変更されることがあります。
- サイトにアクセスする際や、登録・メール送信時にかかる通信費はお客様のご負担になります。
- 一部対応していない機種があります。
- 中学生以下の方は、保護者の方の了承を得てから回答してください。

MF文庫J

パシられ陰キャが実は最強だった件 3

2022年 7月 25日　初版発行

著者　マリパラ

発行者　青柳昌行

発行　株式会社 KADOKAWA
〒102-8177 東京都千代田区富士見 2-13-3
0570-002-301（ナビダイヤル）

印刷　株式会社広済堂ネクスト

製本　株式会社広済堂ネクスト

Printed in Japan　ISBN 978-4-04-681581-1 C0193

◇◇◇